「岩《がん》くつ王《おう》」
はじまるよ♪

作《さく》／アレクサンドル・デュマ
編訳《へんやく》／岡田好恵《おかだよしえ》
絵《え》／オズノユミ

岩《がん》くつ王《おう》

Gakken

物語《ものがたり》ナビ
これから始《はじ》まるお話《はなし》をしょうかいするよ。

ダンテス編《へん》

19歳《さい》のダンテスは、人生最高《じんせいさいこう》に幸《しあわ》せだった。仕事《しごと》はうまくいき、美《うつく》しいメルセデスと結婚《けっこん》が決《き》まっていた。

『岩《がん》くつ王《おう》』は、冒《ぼう》険《けん》と復《ふく》しゅうの物語《ものがたり》

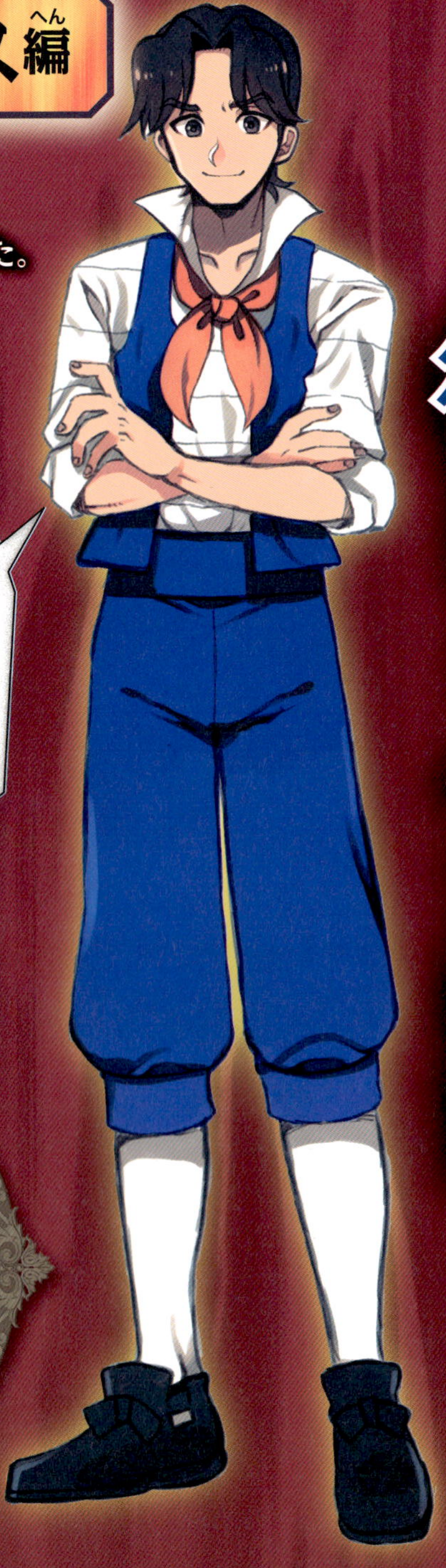
ぼくは、エドモン・ダンテス。フランスの船《ふな》乗《の》りさ。

次《つぎ》は、おまえが船長《せんちょう》だ、ダンテス。

船《ふね》の持《も》ち主《ぬし》
モレル氏《し》

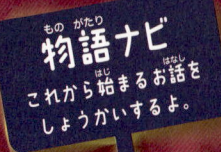

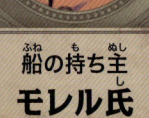

伯爵《はくしゃく》編《へん》
14年後《ねんご》…
ダンテスは、
名前《なまえ》をかえ、すがたをかえ、
パリの町《まち》にあらわれた。
すべては、悪《わる》いやつらへの、
復《ふく》しゅうのため。
わたしは、ダンテス改《あらた》め、モンテ・クリスト伯爵《はくしゃく》。
あいつらをゆるさない。
またの名《な》を
船乗《ふなの》りシンドバッド
またの名《な》を
ブゾーニ神父《しんぷ》
すっかりまずしくなってしまった…。
船《ふね》の持《も》ち主《ぬし》
モレル氏《し》
しかし、そんなダンテスを、
わなにはめようとする男《おとこ》たちがいた…！
結婚《けっこん》？　おれのすきなメルセデスとずうずうしい！
メルセデスのいとこ
フェルナン
船長《せんちょう》だと？　わかいくせに、生意気《なまいき》な…。
船《ふね》の会計係《かいけいがかり》
ダングラール
あの船乗《ふなの》りは、始末《しまつ》する必要《ひつよう》がある…。
検事補《けんじほ》
ビルフォール
いい気《き》になるなよ…。
仕立屋《したてや》
カドルッス
ここをめくると、おどろきのできごとが！▶
ぼくが、何《なに》をしたっていうんだ!?
エドモン、帰《かえ》ってきて…。
婚約者《こんやくしゃ》
メルセデス
しかし、なぞの人物《じんぶつ》との
出会《であ》いによって、
運命《うんめい》は大《おお》きくかわる──！
ろう屋《や》で出会《であ》った
ファリア神父《しんぷ》
どうなる、ダンテス！？　めくってたしかめよう。▶

1498年《ねん》4月《がつ》25日《にち》。
モンテ・クリスト島《とう》に、
わが全財産《ぜんざいさん》をかくす。
東《ひがし》の湾《わん》より入《はい》り、
20番目《ばんめ》の岩《いわ》を上《あ》げ、
2つ目《め》のどうくつの、
もっともおくの場所《ばしょ》なり。

そして、なぞの人物《じんぶつ》が
のこしたメモ、
「スパダの秘宝《ひほう》」とは？

監獄島《かんごくとう》からの
命《いのち》をかけた、脱出作戦《だっしゅつさくせん》!?

ダンテス、「監獄島《かんごくとう》」へ…！

仲間《なかま》のうらぎりによって、
島全体《しまぜんたい》が、ろう屋《や》になっている「監獄島《かんごくとう》」へ
送《おく》られてしまった、ダンテス。

岩《がん》くつ王《おう》

もくじ

うらぎり者《もの》たちは、みな、成功《せいこう》をおさめていた——。

王様《おうさま》の財産《ざいさん》をもらって、今《いま》や貴族《きぞく》よ。
結婚《けっこん》した
モルセール伯《はく》フェルナンとメルセデス
何《なに》より大事《だいじ》なのは、金《かね》さ。
大金持《おおがねも》ちになった
ダングラール男爵《だんしゃく》
おれに、こわいものはない。
出世《しゅっせ》した検事総長《けんじそうちょう》
ビルフォール
どこかに金《かね》もうけの話《はなし》は、ないかな。
宿屋《やどや》の主人《しゅじん》になった
カドルッス

復《ふく》しゅうは成功《せいこう》するのか？　次《つぎ》のページにヒントが…？▶

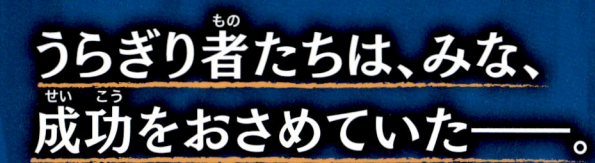

4人《にん》のうらぎり者《もの》に、
ダンテスの復《ふく》しゅうの手《て》が！
結末《けつまつ》は、一体《いったい》どうなる!?

「ナポレオン」と「監獄島《かんごくとう》」

めまぐるしくかわった人生《じんせい》——英雄《えいゆう》ナポレオン

コルシカ島生《とうう》まれのナポレオンは、軍人《ぐんじん》になるための学校《がっこう》に入《はい》ると、みるみる才能《さいのう》をあらわしました。ふつうは四年《ねん》かかるところを、わずか十一か月《げつ》で卒業《そつぎょう》したといわれています。

戦争《せんそう》で勝利《しょうり》するたびに出世《しゅっせ》し、ついにはフランス皇帝《こうてい》に。

しかし一八一三年《ねん》、フランスが支配《しはい》していた国《くに》がいっせいに戦争《せんそう》を起《お》こし、ついに負《ま》けたナポレオンは、エルバ島《とう》に流《なが》されてしまいます。二年後《ねんご》、島《しま》を脱《だっ》出《しゅつ》してパリにもどり、再《ふたた》び皇帝《こうてい》になりましたが、外国《がいこく》との戦争《せんそう》に負《ま》け、今度《こんど》は、はるか遠《とお》くのセントヘレナ島《とう》に流《なが》されます。

そのまま、一八二一年《ねん》に五十一歳《さい》で亡《な》くなりました。

『岩《がん》くつ王《おう》』は、このナポレオンが島《しま》を脱出《だっしゅつ》したお話《はなし》をもとに、書《か》かれています。

◀ナポレオンの肖像画《しょうぞうが》

「監獄島《かんごくとう》」は本当《ほんとう》にある！

監獄島《かんごくとう》とよばれるイフ島《とう》は、フランス・マルセイユ沖《おき》にあります。

当時《とうじ》は、ろう屋《や》に入《い》れられている人《ひと》のあつかいが、身分《みぶん》や財産《ざいさん》によって、ちがいました。まずしい人《ひと》は窓《まど》もない地下《ちか》ろうでしたが、お金持《かねも》ちは、トイレやだんろのある部屋《へや》に入《はい》ることができたのです。

今《いま》は、ろう屋《や》としての役《やく》目《め》を終《お》えて、中《なか》を見学《けんがく》できるようになっています。

フランス
マルセイユ
ジェノバ
リボルノ
イフ島《とう》
コルシカ島《とう》
エルバ島《とう》
モンテ・クリスト島《とう》
イタリア

◀実際《じっさい》のイフ島《とう》。島全体《しまぜんたい》が建物《たてもの》になっている。

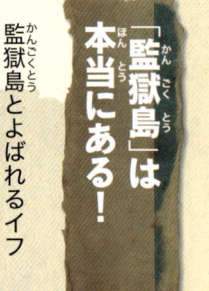

1
エドモン・ダンテス、ふるさとへ帰《かえ》る

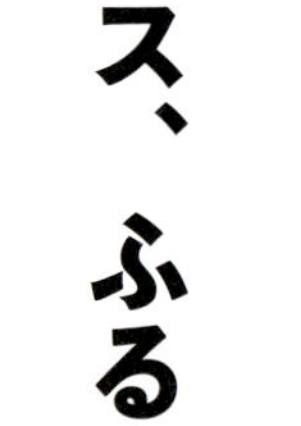

一八一五年《ねん》二月《がつ》二十四日《か》。フランスのマルセイユ港《こう》に、三本《ぼん》マストの大《おお》きな船《ふね》が入《はい》ろうとしていた。名前《なまえ》はファラオン号《ごう》。トルコとイタリアをまわり、たくさんの荷物《にもつ》をつんで、今《いま》フランスへ帰《かえ》ってきたのだ。

デッキの上《うえ》で、さっそうと港《みなと》へ入《はい》る指示《しじ》を出《だ》しているのは、背《せ》の高《たか》い黒《くろ》かみのわか者《もの》、*一等航海士《いっとうこうかいし》のエドモン・ダンテス。航海中《こうかいちゅう》に病気《びょうき》で亡《な》くなった船長《せんちょう》の代《か》わりに、船員《せんいん》たちをひきいてきた。

やがて船《ふね》の前方《ぜんぽう》に、イフ島《とう》という、岩《いわ》だらけの小島《こじま》が見《み》えだした。

*一等航海士《いっとうこうかいし》…航海中《こうかいちゅう》、船長《せんちょう》の次《つぎ》に責任《せきにん》がある人《ひと》。船《ふね》の位置《いち》を調《しら》べたり、航海《こうかい》の計画《けいかく》を立《た》てたりする。

ダンテスは、ほっとむねをなでおろした。イフ島《とう》は、決《けっ》して楽《たの》しい島《しま》ではない。別名《べつめい》は「監獄島《かんごくとう》」。島全体《しまぜんたい》が、ろう屋《や》で、うわさでは、すくいようのない悪者《わるもの》どもが、一生《いっしょう》とじこめられるところだという。だが、ダンテスのような正直者《しょうじきもの》の船乗《ふなの》りたちには、マルセイユ港《こう》へ入《はい》る、なつかしい目印《めじるし》なのだった。

(ただいま、マルセイユ。ただいま、メルセデス!)

ダンテスは、そっとつぶやいた。

メルセデスは、ダンテスの婚約者《こんやくしゃ》。十七歳《さい》の美《うつく》しいむすめで、この航海《こうかい》が終《お》わったら、すぐ結婚《けっこん》することになっている。

ダンテスはマストによりかかり、ぐんぐん近《ちか》づいてくるマルセイユの町《まち》を見《み》つめた。

船《ふね》が港《みなと》に入《はい》ると、船《ふね》の持《も》ち主《ぬし》モレル氏《し》が、乗《の》りこんできた。

「船長《せんちょう》が、亡《な》くなったそうだね。たいへんだったろう。重要《じゅうよう》な役目《やくめ》を、よくはたしてくれた。」

モレル氏《し》は、船長室《せんちょうしつ》で、ダンテスの手《て》をかたくにぎり、

「だが、エルバ島《とう》により道《みち》したのは、なぜだい？　＊1会計係《かいけいがかり》のダングラールくんから、帰《かえ》る予定《よてい》が、一日《にち》半《はん》もおくれたと聞《き》いたが。」

とたずねた。ダンテスは、むねをはって答《こた》えた。

「＊2ナポレオン閣下《かっか》に、手紙《てがみ》をおとどけしたんです！　亡《な》き船長《せんちょう》の最《さい》後《ご》のご命令《めいれい》でした。お返事《へんじ》も、おあずかりしています。」

モレル氏《し》は息《いき》をのみ、すばやくあたりを見回《みまわ》すと、

「いいかね、このことは、だれにもいってはいけないよ。今《いま》は、む

＊1会計係《かいけいがかり》…お金《かね》の出《だ》し入《い》れをする人《ひと》。＊2ナポレオン…フランス革命期《かくめいき》の軍人《ぐんじん》。戦争《せんそう》でフランスの領土《りょうど》を広《ひろ》げ、皇帝《こうてい》になったが、エルバ島《とう》に送《おく》られ、最後《さいご》はセントヘレナ島《とう》のろう屋《や》で亡《な》くなった。

ずかしい時代《じだい》だ。世《よ》の中《なか》には、いろんな人《ひと》がいる。もしきみが、ナポレオンに手紙《てがみ》をとどけたことが知《し》れたら、だれに何《なに》をされるか、わからんからな。」

小声《こごえ》でいいきかせた。

ダンテスはびっくりした。無敵《むてき》の将軍《しょうぐん》ナポレオンは、この間《あいだ》までフランスの英雄《えいゆう》だった。戦《たたか》いにやぶれた今《いま》は、皇帝《こうてい》の地位《ちい》を追《お》われ、エルバ島《とう》で、ひっそりくらしている。だがダンテスにとっては、今《いま》も英雄《えいゆう》だ。あこがれの英雄《えいゆう》に手紙《てがみ》をとどけるのは、たいへんほこらしい役目《やくめ》だと思《おも》っていたのに。

「さあ、もう気《き》にするな。次《つぎ》から、正式《せいしき》な船長《せんちょう》になってもらうよ。」

モレル氏《し》は、ダンテスにやさしくほほえみかけると、

「きみの結婚式《けっこんしき》で会《あ》おう。楽《たの》しみにしているよ。」
船長室《せんちょうしつ》のドアノブに手《て》をかけた。
ドアの外《そと》にはりついていた人《ひと》かげが、すばやくにげさった。

2 悪《わる》だくみ

ダンテスは船《ふね》をおりると、急《いそ》いで、父《ちち》が待《ま》つ家《いえ》に向《む》かった。

「父《とう》さん、とうとう、船長《せんちょう》になれたよ！」

ダンテスがつげると、父《ちち》は、うれしそうにほほえんだ。

「十九歳《さい》で船長《せんちょう》とは、たいした出世《しゅっせ》だ。モレルさんに感謝《かんしゃ》しなさい。

そして、いつかかならず、恩返《おんがえ》しをするんだよ。」

ダンテスの母《はは》は、ずっと前《まえ》に亡《な》くなり、きょうだいもいない。

船《ふね》に乗《の》っていても、老《お》いた父《ちち》のことがいつも心配《しんぱい》だった。だが、これからはメルセデスがいてくれる。しかも、船長《せんちょう》になれば給料《きゅうりょう》が上《あ》がる。父《ちち》とメルセデスに、少《すこ》しはゆっくり、くらしてもらえるだろう。夜《よ》はふけていく。ダンテスは、幸《しあわ》せでいっぱいだった。

ところが、そのころ港《みなと》の酒場《さかば》では――。

「ダンテスのやつ、おれのメルセデスをうばいやがって！　しかも船長《せんちょう》になるだと？　ずうずうしいにも、ほどがあるぞ。」

メルセデスのいとこで、自分《じぶん》をハンサムだと思《おも》いこんでいるフェルナンが、ドンとテーブルをたたいた。

「ひとつ、いたい目《め》にあわせてやりたいねえ。」

小《こ》がらな仕立屋《したてや》のカドルッスが、グラスを片手《かたて》に、ふらふらと立《た》ちあがった。すると、

「いたい目《め》？　ふん、ならば、いい方法《ほうほう》があるぜ。」

やせて意地悪《いじわる》そうな顔《かお》をした男《おとこ》が、二人《ふたり》の顔《かお》を見回《みまわ》した。ファラオン号《ごう》の会計係《かいけいがかり》、ダングラールだ。

「ほんとかい？　ダングラールさん。」

「でも、どんな方法《ほうほう》で？」

二人《ふたり》がそろってきくと、ダングラールはにやりとわらい、

「じつは船《ふね》で、おもしろいことを立《た》ち聞《ぎ》きしてな。見《み》ていろ。」

一まいの紙《かみ》に、わざとへたな字《じ》で、こんな手紙《てがみ》を書《か》いた。

〝*1検事閣下《けんじかっか》。

本日入港《ほんじつにゅうこう》したファラオン号《ごう》の一等航海士《いっとうこうかいし》エドモン・ダンテスは、エルバ島《とう》から、ナポレオンの手紙《てがみ》を持《も》ちかえりました。問題《もんだい》の手紙《てがみ》は船《ふね》の中《なか》か、ダンテスの実家《じっか》にあるか、または本人《ほんにん》が持《も》っているかもしれません。どうぞ、きびしくお調《しら》べを。〟

「*2密告状《みっこくじょう》だ。これでやつは、かくじつに刑務所行《けいむしょい》きさ。この字《じ》じゃ、だれが書《か》いたか調《しら》べようもない。おれたちは安全《あんぜん》さ。」

「いや、だめだよお、そんな――そんな、むごいこと！」

*1検事《けんじ》…警察《けいさつ》の調《しら》べをもとに、犯人《はんにん》と思《おも》われる人《ひと》を、さらに取《と》りしらべる役人《やくにん》。
*2密告《みっこく》…人《ひと》の秘密《ひみつ》などを、こっそりほかの人《ひと》に知《し》らせること。

カドルッスが、手紙《てがみ》を引《ひ》ったくろうと、とびあがったが、うまくつかめず、そのままテーブルの上《うえ》につっぷしてしまった。

ダングラールは手紙《てがみ》を丸《まる》めて、ゆかのすみに放《ほう》りなげ、

「じょうだんだよ、よっぱらい。さあもう、帰《かえ》ろうぜ。」

よいつぶれたカドルッスを、かつぎあげた。とたんにフェルナンが部屋《へや》のすみにとっ進《しん》し、手紙《てがみ》を拾《ひろ》って、ポケットにつっこんだ。

（よし、計算《けいさん》どおりだ。これで、生意気《なまいき》なダンテスも終《お》わりだ。）

ダングラールは、くちびるを曲《ま》げてわらうと、ゆっくりと歩《ある》きだした。

3
逮《たい》捕《ほ》

その四日後《かご》の二月《がつ》二十八日《にち》。港《みなと》のレストランで、メルセデスとダンテスの結婚《けっこん》をいわうパーティーが行《おこな》われた。部屋《へや》のすみでは、カドルッスが完全《かんぜん》によいつぶれている。みんな上《じょう》きげんで、フェルナンとダングラールが何《なに》かを待《ま》っているのに、気《き》づく者《もの》などいない。

やがて、

「では、みなさん、役所《やくしょ》へ結婚《けっこん》のとどけをしに行《い》ってきます。」

ダンテスが、にこやかにつげると、

「……何《なに》かしら？」

メルセデスがつぶやいた。ろうかでどやどやと足音《あしおと》が聞《き》こえる。
次《つぎ》のしゅん間《かん》、警官《けいかん》の一隊《いったい》が、ふみこんできた。
「エドモン・ダンテス、法《ほう》により、おまえを逮捕《たいほ》する！」
ダンテスはぎょっとし、メルセデスは真《ま》っ青《さお》になった。

「こんな正直《しょうじき》なわか者《もの》を逮捕《たいほ》？　何《なに》かのまちがいでしょう。」

モレル氏《し》がさっそく、食《く》ってかかった。だが警官《けいかん》たちは、

「さあな。あとは検事閣下《けんじかっか》にきいてくれ。」

ダンテスを取《と》りかこんで道路《どうろ》につれだし、馬車《ばしゃ》におしこんだ。

「エドモン！　ああ、エドモン！　早《はや》くもどってきて！」

メルセデスの声《こえ》をあとに、馬車《ばしゃ》は*裁判所《さいばんしょ》に向《む》かって走《はし》りだした。


裁判所《さいばんしょ》の取《と》り調《しら》べ室《しつ》には、わかい検事補《けんじほ》が待《ま》っていた。

「わたしは、ビルフォールだ。エドモン・ダンテスだな。」

「はい。ぼくが、何《なに》をしたと、おっしゃるのでしょう？」

「こんなうったえが、とどいた。思《おも》いあたることはないか？」

ビルフォール検事補《けんじほ》はダンテスに、密告《みっこく》の手紙《てがみ》を見《み》せた。

「思《おも》いあたること？　ぜんぜん、ありません！」

検事補《けんじほ》は、ダンテスの顔《かお》をじっとのぞきこんだ。

「ふむ、きみは正直者《しょうじきもの》のようだ。ではこれは、きみをうらむ者《もの》のしわざだろう。ところで、エルバ島《とう》から持《も》ってきた手紙《てがみ》とは？」

「ああ！　そこです。デスクの上《うえ》の書類《しょるい》の山《やま》の中《なか》に。」

「あて名《な》は、おぼえているかね？　ダンテスくん。」

「はい、検事補《けんじほ》さま。パリの――たしか、ノワルティエ・ド・B《ビー》……。」

とたんに検事補《けんじほ》はまゆをひそめ、あわててふうとうを開《あ》けて、読《よ》みだした。きれいな口《くち》ひげをたくわえた顔《かお》が、みるみる青《あお》ざめていく。

「きみは、その手紙《てがみ》に何《なに》が書《か》いてあるか、知《し》っているのか？」

＊裁判所《さいばんしょ》…あらそいごとを法律《ほうりつ》を使《つか》って解決《かいけつ》する場所《ばしょ》。

「知《し》りません。船長《せんちょう》の命令《めいれい》で、おあずかりしただけですから。」
ビルフォール検事補《けんじほ》は、ほっとした顔《かお》になり、少《すこ》し考《かんが》えていたが、
「こんな時代《じだい》だ。ナポレオンからの手紙《てがみ》は、きみにとって、めんどうのもとでしかない。わたしが、ないしょで始末《しまつ》してあげよう。」
手《て》にした手紙《てがみ》とふうとうを、もえさかるだんろの火《ひ》に投《な》げこんだ。

「さあ、これで、きみがうたがわれることは、二度《ど》とないよ。」

検事補《けんじほ》は係《かかり》をよび、小声《こごえ》で何《なに》かを命《めい》じた。

「検事補《けんじほ》さま。ほんとうに、ありがとうございました！　ぼくは、これで自由《じゆう》の身《み》なんですね！」

ダンテスは、ビルフォールという検事補《けんじほ》に心《こころ》から感謝《かんしゃ》し、警官《けいかん》のあとについて、取《と》り調《しら》べ室《しつ》を出《で》た。

4
地下《ちか》ろう

取《と》り調《しら》べ室《しつ》のドアがしまったとたん、ビルフォール検事補《けんじほ》は、どさっといすの背《せ》にもたれかかった。
「ああ、ひやひやした。あんな手紙《てがみ》が人《ひと》の目《め》にふれれば、おれの身《み》が、たちまち、あやうくなるところだったぞ。」
もやした手紙《てがみ》には、ナポレオンが、国王《こくおう》をはじめとする反対派《はんたいは》をたおし、ふたたび皇帝《こうてい》となるため、エルバ島《とう》を脱出《だっしゅつ》し、パリに上陸《じょうりく》する計画《けいかく》がくわしく書《か》かれていた。しかも、手紙《てがみ》のあて先《さき》、パリのノワルティエ・ド・B《ビー》とは、ビルフォール検事補《けんじほ》の父親《ちちおや》なのだ。

ノワルティエは昔《むかし》から、ナポレオンの熱心《ねっしん》な味方《みかた》だった。ナポレオンが皇帝《こうてい》ではなくなった今《いま》も、その命令《めいれい》に忠実《ちゅうじつ》にしたがっている。

出世《しゅっせ》だけ考《かんが》えて反対派《はんたいは》につき、今《いま》の政府《せいふ》に仕《つか》えている、むすこのビルフォール検事補《けんじほ》とは、たいへんに、なかが悪《わる》かった。

「おろかなおやじのまきぞえで、人生《じんせい》をだいなしにされて、たまるものか。だがもう、だいじょうぶだ。手紙《てがみ》はない。あとはねんのために、あの世間知《せけんし》らずの、わかい船乗《ふなの》りを始末《しまつ》するだけだ。」

ビルフォール検事補《けんじほ》は、じまんの口《くち》ひげを、そっとなでた。

そのころダンテスは、来《き》たときと同《おな》じ馬車《ばしゃ》に乗《の》せられ、港《みなと》へつづく道《みち》を走《はし》っていた。今度《こんど》は、馬車《ばしゃ》の両《りょう》わきに、馬《うま》に乗《の》った警官《けいかん》が何人《なんにん》もついている。もう夕方《ゆうがた》で、空《そら》には星《ほし》がまたたいている。

（これで家《いえ》に帰《かえ》れる。一刻《いっこく》も早《はや》く、メルセデスと父《ちち》の顔《かお》を見《み》たい。）

とダンテスは思《おも》った。ところが、馬車《ばしゃ》が港《みなと》の入《い》り口《ぐち》に着《つ》いたとたん、

「とっとと、おりろ！」

ダンテスは、となりにすわっていた警官《けいかん》に、どんと背中《せなか》をつかれ、引《ひ》きずられるように、一そうのボートにうつされた。

ボートは湾《わん》を回《まわ》り、沖《おき》へ出《で》ていく。

「いったい、どこへつれていくんだ！」

ダンテスが問《と》いつめると、刑事《けいじ》はつめたくいった。

「もうすぐ着《つ》くさ。おまえ、船乗《ふなの》りなんだろ。よく見《み》ろよ。」

ダンテスは、いわれるままに前方《ぜんぽう》を見《み》つめ、ぎょっとした。

黒《くろ》ぐろとした岩《いわ》が、悪魔《あくま》の城《しろ》のように、そそりたっている。

「あれはイフ島《とう》……監獄島《かんごくとう》じゃないか！　なぜだ。ぼくが、何《なに》をしたっていうんだ？」

「さあな。それは検事補《けんじほ》さまにきいてくれ。」

警官《けいかん》たちは、ダンテスの背中《せなか》に銃《じゅう》をつきつけ、上陸《じょうりく》させた。

いくつもの門《もん》を通《とお》ると、中庭《なかにわ》に出《で》た。まわりは高《たか》い岩《いわ》だ。

「ついてこい。おまえのすみかへ案内《あんない》してやる。」

ろう屋番《やばん》があらわれて、ダンテスを地下《ちか》ろうへ、つれていった。

鉄《てつ》ごうしを開《あ》けると、一きゃくだけあるいすの上《うえ》に、そまつなランプがおかれ、まわりの石《いし》かべをちらちらと、てらしている。

「パンと水《みず》はおいてある。寝《ね》わらはそこだ。ま、今晩《こんばん》はねむれ。あしたの昼間《ひるま》には、少《すこ》し散歩《さんぽ》の時間《じかん》がある。金《かね》さえくれれば、すきな食《た》べ物《もの》だって、持《も》ってきてやろう。ほしけりゃ、たばこもな。」

ろう屋番《やばん》は、いすの上《うえ》のランプを取《と》りあげ、出《で》ていった。

（なぜ、どうして、こんなことになったんだ！）

ダンテスは、真《ま》っ暗《くら》になったろう屋《や》で、頭《あたま》をかかえた。

父《ちち》は、メルセデスは、どんなに心配《しんぱい》していることだろう。

5 闇《やみ》ろう

「ろう屋《や》の所長《しょちょう》に会《あ》わせろ！　ぼくが何《なに》をしたというんだ！」

よく朝《あさ》、ダンテスは、食事《しょくじ》を運《はこ》んできた、ろう屋番《やばん》にせまった。

ろう屋番《やばん》はダンテスの顔《かお》をじっと見《み》ると、なだめるようにいった。

「しずかにしとけ。さもないと〝闇《やみ》ろう〟にぶちこまれるぞ。」

「闇《やみ》ろうとは、なんだ？」

「闇《やみ》ろうとはな、本物《ほんもの》の悪者《わるもの》か、ここへ入《はい》って、いかれちまったやつを一生《いっしょう》とじこめておく、ろう屋《や》だ。今《いま》も一人《ひとり》、へんな年《とし》よりの神父《しんぷ》が入《はい》っているぜ。自分《じぶん》は大金持《おおがねも》ちだ、所長《しょちょう》に百万《まん》*フランやる

＊フラン…フランスで、以前使《いぜんつか》われていたお金《かね》の単位《たんい》。当時《とうじ》の百万《まん》フランは、今《いま》のお金《かね》で約《やく》十億円《おくえん》くらい。

から、外《そと》へ出《だ》せと、わめきつづけているんだよ。何年《なんねん》もな。そんなのと、いっしょにされたくないだろ？　だからしばらく、ここでおとなしくしてろ。」
ろう屋番《やばん》はそういうと出《で》ていった。だがすぐに、もどってくると、

「エドモン・ダンテス。所長《しょちょう》さまのご命令《めいれい》だ。おまえを、闇《やみ》ろうへうつす。」

こわばった声《こえ》でつげた。

ダンテスはわけもわからず、兵士《へいし》たちに引《ひ》ったてられ、地下《ちか》ろうのさらに下《した》にある、暗《くら》く、じめじめした、せまいろう屋《や》に放《ほう》りこまれた。

かびと土《つち》のにおいが、むっと鼻《はな》をつく。しかも、天《てん》じょうの近《ちか》くに一つ、明《あ》かり取《と》りのまどがあるだけで、昼間《ひるま》も真《ま》っ暗《くら》だ。

(なぜだ。どうなっているんだ。)

「所長《しょちょう》に会《あ》わせろ！　ぼくがどんな罪《つみ》をおかしたか、きちんと説明《せつめい》してもらいたい！」

ダンテスは、もう一度《いちど》、はげしくせまった。

ろう屋番《やばん》は、ため息《いき》をつくといった。

「所長《しょちょう》さまが、おまえみたいな悪人《あくにん》のいうことを聞《き》いて、こんな地《ち》下深《かふか》くの、ぞっとするような場所《ばしょ》に、わざわざ下《お》りてくると思《おも》うか？　ま、半年《はんとし》は待《ま》つんだな。そのころにゃ、政府《せいふ》のお役人《やくにん》もやってくる。」

ダンテスはぎょっとした。半年《はんとし》？　所長《しょちょう》に会《あ》って、事情《じじょう》を話《はな》せば、すぐにもここから出《だ》してもらえると思《おも》っていたのに。

「まちがいだった。ほんとうに、申《もう》しわけなかった。」

と所長《しょちょう》に頭《あたま》を下《さ》げられ、ろう屋番《やばん》に肩《かた》をたたかれ、馬車《ばしゃ》で家《いえ》まで送《おく》ってもらえると思《おも》っていたのに。

（半年《はんとし》？　罪《つみ》のない者《もの》を半年《はんとし》も、こんな闇《やみ》の中《なか》に、放《ほう》っておくつもりか！）

ダンテスは毎日《まいにち》、暗《くら》い闇《やみ》ろうの中《なか》で、なぜだ、なぜ、こんなことになった、と頭《あたま》をなやませた。すると、あるとき、裁判所《さいばんしょ》で見《み》た、あの密告状《みっこくじょう》が頭《あたま》にうかんだ。

（一体《いったい》、どこのだれなんだ！　あんな物《もの》を書《か》いたのは。）

だが闇《やみ》ろうは暗《くら》く、だれも答《こた》えてはくれない。

三日《か》がすぎ、一週間《しゅうかん》がすぎ、半年《はんとし》がすぎ、一年《ねん》がすぎた。

そして十七か月目《げつめ》。ついに所長《しょちょう》が政府《せいふ》の役人《やくにん》をつれて下《お》りてきた。

「ぼくは無実《むじつ》です。無実《むじつ》の罪《つみ》で、こんなところに一年以上《ねんいじょう》、とじこめられている者《もの》の気持《きも》ちを考《かんが》えてください！　せめて、裁判所《さいばんしょ》の記録《きろく》を調《しら》べていただけませんか。」

ダンテスが必死《ひっし》でたのみこむと、役人《やくにん》はうなずいた。

「ふむ、きみがここに入《い》れられたのは？」

「一八一五年《ねん》、二月《がつ》二十八日《にち》」。

「十七か月前《げつまえ》か。で、きみを、さばいたのは？」

「ビルフォール検事補《けんじほ》さまです。ほんとうに親切《しんせつ》な方《かた》でした。」

「そうか。ビルフォールくんはもう、マルセイユにはいないが、記《き》録《ろく》はかならず調《しら》べるよ。」

（ああ、これでやっと、ぼくが無罪《むざい》だとわかってもらえる。）

ダンテスは、わくわくしながら待《ま》った。

だが、次《つぎ》の日《ひ》になっても、ろう屋《や》から出《だ》すという知《し》らせは、こなかった。次《つぎ》の日《ひ》も、次《つぎ》の日《ひ》も——。

それもそのはず、役人《やくにん》が調《しら》べた書類《しょるい》にはなんと、こんなことが書《か》いてあったのだ。

『エドモン・ダンテス。ナポレオンのエルバ島脱出《とうだっしゅつ》に力《ちから》をつくした者《もの》。きけんな罪人《ざいにん》として、一生《いっしょう》、ろうごくにおくべし。』

検事補《けんじほ》ジェラール・ド・ビルフォール

6

ファリア神父《しんぷ》

何《なに》も知《し》らないダンテスは、待《ま》ちに待《ま》ち、さらにもう一年《ねん》がすぎた。所長《しょちょう》も、ろう屋番《やばん》も代《か》わった。新《あたら》しく来《き》た所長《しょちょう》は、めんどうくさがり屋《や》で、ろうに入《い》れられた者《もの》たちを番号《ばんごう》でよぶことにした。

ダンテスは「三十四号《ごう》」とよばれることになった。

闇《やみ》ろうに入《い》れられた者《もの》には、わずかな散歩《さんぽ》の時間《じかん》も、本《ほん》もあたえられない。暗闇《くらやみ》の中《なか》で、ただ一人《ひとり》、かべをにらんですごすだけだ。

ダンテスの心《こころ》は、どんどんすさみ、ついには死《し》にたいと思《おも》うようになった。死《し》ねば楽《らく》になれる。

食《た》べ物《もの》を何《なに》も口《くち》にせず、そまつな寝《ね》わらに横《よこ》たわる。
一日《にち》……二日《ふつか》……そして三日目《かめ》の真夜中《まよなか》――。
かべの向《む》こうから、ガリガリと、かすかな音《おと》が聞《き》こえた。
ネズミか？　いやちがう。ダンテスは、思《おも》わず起《お》きあがった。

少《すこ》し間《ま》をおいて、ガリガリと、また音《おと》がした。ガリガリ。そして、ザザーとすなが落《お》ちるような音《おと》。だれかが、あなをほっている――トンネルを？　そう、かべの向《む》こうで、だれかが、トンネルをほっている？　*脱獄《だつごく》するために！　だったら、こっちからもほって、力《ちから》を合《あ》わせよう。

ダンテスの心《こころ》に、生《い》きる力《ちから》がわいてきた。次《つぎ》の日《ひ》からダンテスはまた、しっかり食《た》べはじめた。体《からだ》が元気《げんき》になると、頭《あたま》もしっかりしてきた。

（もしかして、職人《しょくにん》がどこかを修理《しゅうり》しているのかもしれない。ためしに、かべをたたいてみよう。職人《しょくにん》なら、そのまま仕事《しごと》をつづけるだろう。もし脱獄《だつごく》を考《かんが》えている囚人《しゅうじん》なら、こちらの音《おと》におどろいて、すぐに音《おと》を立《た》てるのをやめるはずだ。）

ダンテスはろう屋《や》のすみに行《い》き、石《いし》を拾《ひろ》うと、コンコンとかべをたたいてみた。向《む》こうの音《おと》がぴたりと止《と》まった。それからまる三日《みっか》、音《おと》は聞《き》こえてこなかった。だが四日目《かめ》の晩《ばん》、かすかな音《おと》が、かべをつたわってきた！　ダンテスはうれしさに、とびあがった。そして、次《つぎ》の晩《ばん》から、皿《さら》をわった破片《はへん》で、石《いし》のまわりのしっくいを、せっせとそぎ落《お》としはじめた。一晩《ばん》目《め》、二晩《ばん》目《め》。かべの向《む》こうのガリガリという音《おと》が、ますますはっきり聞《き》こえてくる。

やがてある晩《ばん》、ふいに石《いし》が一つはずれ……。

「これは、これは！　やはり、図面《ずめん》がちがっていたようじゃな。」

真《ま》っ白《しろ》いあごひげの、やせた老人《ろうじん》が顔《かお》を出《だ》した。

＊脱獄《だつごく》…刑務所《けいむしょ》（ここではろう屋《や》）に入《い》れられている人《ひと》が、にげだすこと。

「あなたは？」

「ファリア神父《しんぷ》。別名《べつめい》〝いかれた神父《しんぷ》〟。『二十七号《ごう》』ともよばれていますがな。で、きみは？」

三十分後《ぷんご》。ファリア神父《しんぷ》は、次々《つぎつぎ》とかべの石《いし》をはずし、ダンテスのろうに入《はい》ってきた。

ろう屋番《やばん》以外《いがい》の人間《にんげん》を見《み》たのは、いつが最後《さいご》だろう。

ぼろぼろなみだを流《なが》すダンテスを、神父《しんぷ》は、しずかにだきしめた。

7

神《しん》父《ぷ》の推《すい》理《り》

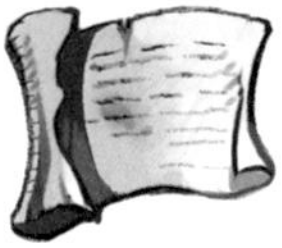

「それにしても、神《しん》父《ぷ》さま。こんな石《いし》かべを、どうやって？」

神《しん》父《ぷ》はにっこりわらうと、木《き》の先《さき》に、するどいはがついたものを見《み》せた。

「ベッドの金《かな》具《ぐ》で作《つく》った〝のみ〟*じゃ。わしは一八〇八年《ねん》に逮《たい》捕《ほ》され、上《うえ》のろうに入《い》れられた。三年《ねん》後《ご》、この闇《やみ》ろうに下《お》ろされた。それから、図《ず》面《めん》をかき、道《どう》具《ぐ》を作《つく》って、海《うみ》へ出《で》ようと、十六メートルほってきた。脱《だつ》獄《ごく》するためにな。ところが、元《もと》の図《ず》面《めん》がちがっていたらしいなあ。こちらへ出《で》てしまった。それでも、こうしてきみに会《あ》えた。神《かみ》のお心《こころ》じゃよ。さて、今度《こんど》は、わしの部屋《へや》を見《み》るかね？」

神父《しんぷ》は、ダンテスをつれて自分《じぶん》のろうにもどると、ゆかの石《いし》を一まいはずし、あなの中《なか》から、巻物《まきもの》を一つ、取《と》りだした。

「一週間前《しゅうかんまえ》に書《か》きおえた本《ほん》じゃ。紙《かみ》は、シャツのぬのから作《つく》ったよ。」

「ペンとインクは、どうなさいました？」

「ペンはこれ。魚《さかな》の骨《ほね》をけずった。インクは、日曜日《にちようび》にグラス一ぱいだけもらえる赤《あか》ワインに、すすをまぜれば、できる。」

スープのあぶら身《み》から作《つく》った、ろうそく、火打《ひう》ち石《いし》や、もやすぬのきれもある。神父《しんぷ》はそれらをまたしまうと、石《いし》をはめこんだ。

＊のみ…木《き》や石《いし》にあなを開《あ》けたり、みぞをほったりする道具《どうぐ》。

（なんてすばらしい人《ひと》だ！　十年以上《ねんいじょう》、闇《やみ》ろうにとじこめられてきたのに、ちっとも自分《じぶん》をうしなわない。その勇気《ゆうき》、そして、生《い》きる知恵《ちえ》！）

ダンテスは心《こころ》のそこから感動《かんどう》すると、思《おも》わずゆかにひざまずいた。

「神父《しんぷ》さま、どうかいっしょに考《かんが》えてくださいませ。ぼくは、なぜ、こんなところに入《い》れられたのか、どうしても、わからないのです。」

ダンテスの話《はなし》が終《お》わると、神父《しんぷ》はゆっくり口《くち》を開《ひら》いた。

「では、きくがね。きみがいなくなってよろこぶのは、だれだい？」

「それは……。」

「二人《ふたり》いるね。きみの恋《こい》がたきのフェルナン。それにファラオン号《ごう》

の会計係《かいけいがかり》のダングラールも、きみをよく思《おも》っていなかった。」
「そういえば、エルバ島《とう》により道《みち》したと、文句《もんく》をいっていました。」
「密告状《みっこくじょう》を送《おく》ったのは、たぶんその二人《ふたり》だよ。で、ナポレオンの返事《へんじ》の手紙《てがみ》は、もうないんだね。」
「はい、親切《しんせつ》な検事補《けんじほ》さまが、ぼくの身《み》のためとおっしゃって、ないしょで、もやしてくださったのです。ビルフォールというお名前《なまえ》の検事補《けんじほ》さまでした。」

ダンテスがいうと、神父《しんぷ》は、まゆを上《あ》げた。

「きみ、ふうとうのあて先《さき》のノワルティエは、ビルフォールの父親《ちちおや》だよ。やつは、ナポレオンが、自分《じぶん》の父親《ちちおや》に手紙《てがみ》を出《だ》したことを知《し》られるのをおそれ、手紙《てがみ》をもやした。そして、きみが、そのことをだれにも話《はな》さないよう、ここにとじこめたのだ。」

（なんてことだ！　あんなに親切《しんせつ》そうなことをいって。じつは全部《ぜんぶ》、自分《じぶん》の身《み》を守《まも》るためだったんじゃないか！）

ダンテスの心《こころ》にとつぜん、めらめらと、にくしみのほのおが、もえあがった。

「さあもう、話《はなし》をかえよう。科学《かがく》の話《はなし》はどうだ？　星《ほし》の話《はなし》は？」

神父《しんぷ》が見《み》かねていった。ダンテスは、うなずき、神父《しんぷ》の話《はなし》に耳《みみ》をかたむけだした。やがて、顔《かお》を上《あ》げると、

「神父《しんぷ》さま、どうぞ学問《がくもん》を教《おし》えてださい！」

と熱心《ねっしん》にたのんだ。ファリア神父《しんぷ》は、やさしくうなずいた。

「いいとも。わしの知識《ちしき》など、たいしたことはない。だが、それをすべて、きみにつたえよう。二年《ねん》もあれば、十分《じゅうぶん》じゃろうよ。」

「二年《ねん》で？　あなたのようになれるんですか。」

ダンテスは目《め》をかがやかせた。

次《つぎ》の日《ひ》から、ファリア神父《しんぷ》の授業《じゅぎょう》が始《はじ》まった。かしこいダンテスは半年《はんとし》もたつと、フランス語《ご》のほかに、スペイン語《ご》、英語《えいご》、イタリア語《ご》、ドイツ語《ご》が、自由《じゆう》に読《よ》み書《か》きできるようになった。

8 スパダの秘宝《ひほう》

ダンテスと神父《しんぷ》はもちろん、勉強《べんきょう》ばかりしていたわけではない。脱獄《だつごく》の計画《けいかく》も、着々《ちゃくちゃく》と進《すす》めていた。

ファリア神父《しんぷ》の図面《ずめん》をもとに、神父《しんぷ》がほりつづけてきたあなを横《よこ》にほりすすみ、ろう下《か》に出《で》る。そして、番兵《ばんぺい》のすきを見《み》て、二人《ふたり》でまどから、海《うみ》へとびこむ。神父《しんぷ》の計算《けいさん》では、一年《ねん》以上《いじょう》かかる大計画《だいけいかく》だが、二人《ふたり》はいさんで作業《さぎょう》に取《と》りかかった。

ところが、ついに脱出《だっしゅつ》の準備《じゅんび》が整《ととの》った晩《ばん》。神父《しんぷ》のろうから、苦《くる》しそうな声《こえ》が聞《き》こえてきた。

「ダンテス……ダン――テス……。」

ダンテスが、あわてて行《い》ってみると、神父《しんぷ》が真《ま》っ赤《か》な顔《かお》で、ぶるぶるふるえながら、うめいている。

「……発作《ほっさ》が……始《はじ》まった。今《いま》に——全身《ぜんしん》がふるえ——口《くち》からあわをふき、さけびそうになる。そうしたらろう屋番《やばん》に聞《き》かれぬよう、口《くち》をおさえてくれ。やがて、体《からだ》が死人《しにん》のように、つめたくなるだろう。そうなったら、ナイフでわたしの歯《は》をこじ開《あ》け、ベッドの足《あし》の中《なか》にかくした——あの薬《くすり》を九てき……口《くち》に入《い》れてくれ。そうすれば、おそらく……よくなる。」

とたんに神父《しんぷ》の体《からだ》が、がくがくとふるえだした。顔《かお》が真《ま》っ赤《か》になり、大声《おおごえ》を上《あ》げそうになる。ダンテスはいわれたとおり、あわてて神父《しんぷ》の口《くち》をおさえた。次《つぎ》のしゅん間《かん》、神父《しんぷ》がばったり動《うご》かなくなった。体《からだ》がどんどんつめたくなっていく。ダンテスはこわごわ、ベッドの足《あし》をゆるめ、薬《くすり》のびんを取《と》りだした。

いわれたとおり薬《くすり》を飲《の》ませると、神父《しんぷ》の発作《ほっさ》は、おさまった。

「ありがとう、ダンテス。だがもう、わしに脱獄《だつごく》は無理《むり》じゃ。」

「神父《しんぷ》さま！　あきらめないでください！　ごいっしょに行《い》けないのなら、ぼくもよろこんで、ここにのこります。」

神父《しんぷ》は、ダンテスの言葉《ことば》をさえぎるといった。

「いや、きみは一人《ひとり》で行《い》け。そして、わしの宝《たから》を見《み》つけておくれ。」

ふるえがのこる手《て》で、一まいのこげた紙《かみ》を、ダンテスにわたした。

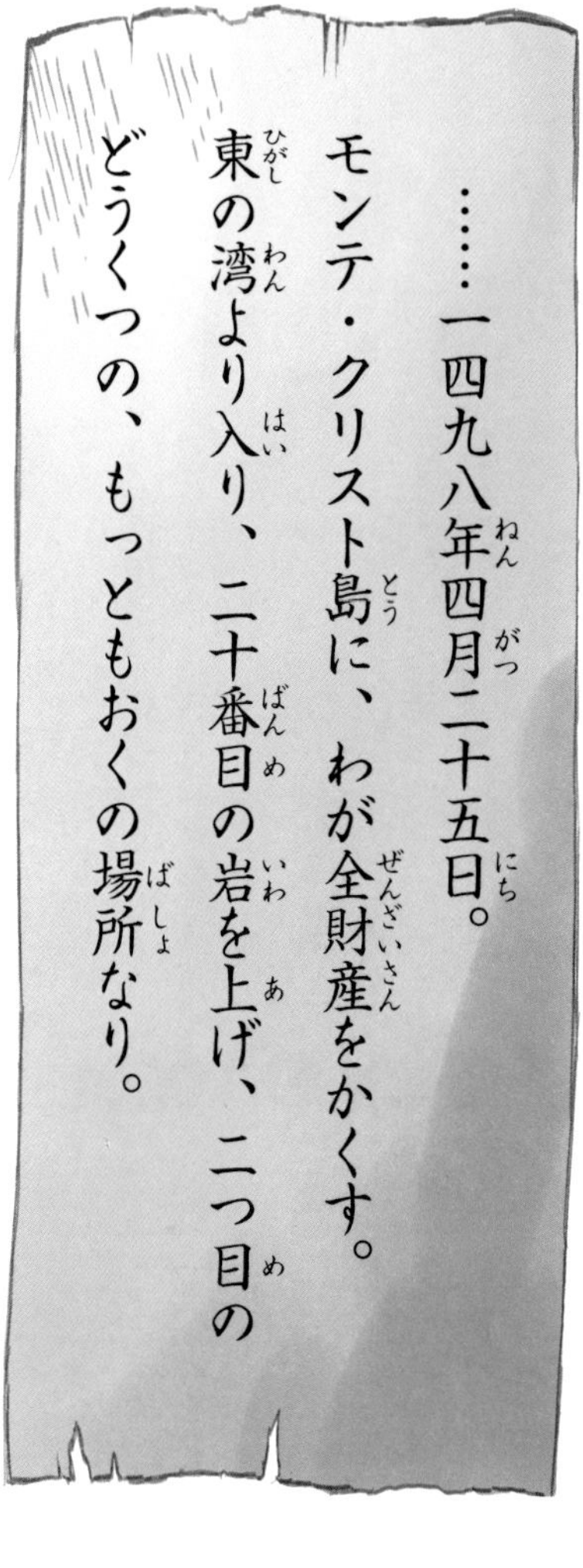
……一四九八年《ねん》四月《がつ》二十五日《にち》。
モンテ・クリスト島《とう》に、わが全財産《ぜんざいさん》をかくす。
東《ひがし》の湾《わん》より入《はい》り、二十番目《ばんめ》の岩《いわ》を上《あ》げ、二つ目《め》の
どうくつの、もっともおくの場所《ばしょ》なり。

「モンテ・クリスト島《とう》は、コルシカ島《とう》とエルバ島《とう》の間《あいだ》にある無人島《むじんとう》ですね。船《ふね》で何度《なんど》も近《ちか》くを通《とお》ったことがありますが。これは？」

「わしが仕《つか》えていたスパダ*1伯爵家《はくしゃくけ》に、三百年《ねん》以上《いじょう》つたわるメモじゃ。」

「スパダの秘宝《ひほう》といえば、たいへんな金額《きんがく》では？」

「*2一億《おく》フラン以上《いじょう》かな。最後《さいご》の城主《じょうしゅ》から、わしが受《う》けつぐことになった。それを今《いま》の政府《せいふ》にねたまれ、ここに入《い》れられたわけさ。」

おどろくダンテスの顔《かお》をのぞきこむと、神父《しんぷ》はつづけた。

「さあ、宝《たから》は今《いま》や、きみのものじゃ。」

「とんでもない！　ぼくがもらう理由《りゆう》はありません。」

「いいや、ある。きみは、わがむすこ。神《かみ》からいただいた、いちばんありがたい、おくり物《もの》じゃ。」

ファリア神父《しんぷ》は手《て》をさしのべた。ダンテスは神父《しんぷ》をだきしめた。
神父《しんぷ》の細《ほそ》い体《からだ》がこわばり、どんどんつめたくなっていく。

＊1 伯爵《はくしゃく》…貴族《きぞく》に使《つか》われるよび名《な》の一つ「伯《はく》」ともいう。
＊2 一億《おく》フラン…今《いま》のお金《かね》で一千億円《おくえん》くらい。

「神父《しんぷ》さま！　神父《しんぷ》さま！」

ダンテスがよびかけると、ささやくような声《こえ》でいった。

「さようなら、わが子《こ》よ。待《ま》つのだ――希望《きぼう》をもって。」

神父《しんぷ》は、その言葉《ことば》を最後《さいご》に目《め》をとじ、息《いき》を引《ひ》きとった。

闇《やみ》ろうに、わずかな日《ひ》がさした。もうすぐ、ろう屋番《やばん》が食事《しょくじ》を運《はこ》んでくる。

ダンテスは、自分《じぶん》のろうに引《ひ》きかえし、ベッドの上《うえ》で、思《おも》いきりないた。

9
脱獄《だつごく》

(ろう屋番《やばん》の足音《あしおと》だ！)

ダンテスは、脱出用《だっしゅつよう》のあなの中《なか》で、耳《みみ》をすましました。

「たいへんだあ！　だれか来《き》てくれ、医者《いしゃ》をつれて！」

ろう屋番《やばん》の声《こえ》に、どかどかと、いくつもの足音《あしおと》が近《ちか》づいてくる。

「お医者《いしゃ》さま、たしかに死《し》んでいますか。」

「はい、所長《しょちょう》さん。少《すこ》し気《き》がおかしかったが、いい老人《ろうじん》でしたな。せめて新《あたら》しいふくろに入《い》れてやってくださいよ。」

「しょうちしました。番兵《ばんぺい》！　今《いま》すぐ、新《あたら》しい死体《したい》ぶくろを！」

所長《しょちょう》が命《めい》じる声《こえ》。番兵《ばんぺい》たちが走《はし》りだす音《おと》。

「で、所長《しょちょう》さん。運《はこ》ぶのは何時《なんじ》にいたしましょう。」

「今夜《こんや》、十時《じ》に。」

足音《あしおと》がいっせいに遠《とお》のいていく。ダンテスは、番兵《ばんぺい》たちがもどってきて、亡《な》くなった神父《しんぷ》をふくろにつめ、立《た》ちさるのを待《ま》った。あたりがしずかになると、ダンテスはふくろのなかからはいだすと、神父《しんぷ》のろうにしのびこみ、そのふくろを自分《じぶん》のろうへ運《はこ》びこんだ。ベッドにふくろをのせ、神父《しんぷ》が作《つく》ったナイフで、ふくろを切《き》りさく。神父《しんぷ》のつめたいひたいに、口《くち》づけすると、そっと毛布《もうふ》をかぶせ、自分《じぶん》がねているように見《み》せかけた。

それからすぐ、ナイフとふくろを手《て》に神父《しんぷ》のろうにもどり、ふくろにもぐりこみ、針《はり》と糸《いと》で、内側《うちがわ》からふくろをとじた。

（いいな、死体《したい》のふりをするんだ。しっかりやれよ。）

ダンテスは、自分《じぶん》をはげました。

もし、ろう屋番《やばん》が、自《じ》分《ぶん》のろうに入《はい》ってきて、神父《しんぷ》の死体《したい》に話《はな》しかけたら？　いや、そんなことは考《かんが》えないようにしようと決《き》めた。

＊ひたい…おでこ。

万一《まんいち》、墓場《はかば》へ運《はこ》ばれるとちゅうでばれたら、ナイフでふくろを切《き》りさいて、とびだす。もし墓《はか》にうめられたら、なんとか土《つち》をはらいのけてにげるのだ。ダンテスは、どきどきしながら夜十時《よるじ》を待《ま》った。

やがて二人分《ふたりぶん》の足音《あしおと》が、ふくろに近《ちか》づいてきた。

「よおし、たんかにのせるぞ。お？　じいさん、重《おも》いなあ！」

たんかはろう下《か》に出《で》て、階段《かいだん》を上《あ》がっていく。はげしい風《かぜ》が感《かん》じられる。外《そと》に出《で》たらしい。やがて、たんかが下《お》ろされ、ダンテスの足《あし》に、何《なに》かどっしり重《おも》いものが、なわでくくりつけられた。そして、頭《あたま》と足《あし》をつかまれ、ぶんぶんふりまわされた。

（うわ！　なんだ！　目《め》が回《まわ》る！）

ダンテスが、思《おも》わず声《こえ》を上《あ》げそうになったとき、

「あばよ！　じいさん。」

二人《ふたり》の大声《おおごえ》がして、空中《くうちゅう》に思《おも》いきり投《な》げられた。

ふくろは、足《あし》のおもりに引《ひ》かれて、ぐんぐん落《お》ちていく。やがて、ものすごい音《おと》とともに、つめたい水面《すいめん》にぶつかった。

なんと、監獄島《かんごくとう》の墓場《はかば》とは、海《うみ》だったのだ！

（ああ！　しずむ、しずむ、しずむ！）

ダンテスは、身《み》を切《き》るようなつめたい海水《かいすい》の中《なか》、息《いき》がつまりそうになりながら、ナイフでふくろを切《き》りさいた。苦《くる》しい息《いき》のもとで、何度《なんど》もナイフをふるい、やっと足《あし》のおもりを切《き》りはなす。次《つぎ》のしゅん間《かん》、足《あし》をはげしくけって、水面《すいめん》にうかびあがり、一息《ひといき》つくとすぐ、水中《すいちゅう》にもぐった。

次《つぎ》に水面《すいめん》に顔《かお》を出《だ》すと、さかまく波《なみ》の向《む》こうに、そそり立《た》つ、監獄島《かんごくとう》のすがたが黒々《くろぐろ》と見《み》えた。がけのふちに男《おとこ》が二人《ふたり》、ランプをさげて立《た》っている。ダンテスは、あわててまた海《うみ》にもぐった。

10 モンテ・クリスト島《とう》へ

海《うみ》は、ますますあれてくる。

だが、ダンテスは必死《ひっし》で泳《およ》ぎつづけた。

（待《ま》つのだ——希望《きぼう》をもって。）

ファリア神父《しんぷ》の最後《さいご》の言葉《ことば》が、耳《みみ》のおくにひびきわたる。

そのとき、ダンテスの手《て》に、ごつんとかたい物《もの》が当《あ》たった。岩《いわ》？

目《め》の前《まえ》に大《おお》きながけが、そびえている。監獄島《かんごくとう》の近《ちか》くにある無人《むじん》島《とう》らしい。大嵐《おおあらし》のなか、むちゅうでがけをよじのぼる。てっぺんに着《つ》いたとたん、ダンテスは気《き》をうしなってたおれた。

気《き》がつくと嵐《あらし》はおさまり、月《つき》が出《で》ている。沖《おき》に、一そうの船《ふね》が見《み》えた。

ダンテスはすぐ海《うみ》にとびこみ、全力《ぜんりょく》で泳《およ》ぎだした。ところが百メートルも行《い》かないうちに力《ちから》つき、大波《おおなみ》にのまれた。

次《つぎ》に目《め》ざめたときには、船《ふね》のデッキに横《よこ》たわっていた。

「おまえ、どこのだれだ？　だいじょうぶか。」

船長《せんちょう》がやってきて、ダンテスの顔《かお》をのぞきこんだ。

「ありがとう——ございます。おれの船《ふね》が——嵐《あらし》にやられて。」

船長《せんちょう》のイタリア語《ご》に、ダンテスもイタリア語《ご》で答《こた》えた。

どうやら、このへんを回《まわ》っている*密輸船《みつゆせん》らしい。

「船員《せんいん》か！　だったら、この船《ふね》でやとってやるぞ。」

＊密輸《みつゆ》…正式《せいしき》な手続《てつづ》きをせず、品物《しなもの》を外国《がいこく》から持《も》ちこんだり、持《も》ちだしたりすること。

こうして、ダンテスは密輸船《みつゆせん》に乗《の》り、イタリアのリボルノへ向《む》かうことになった。監獄島《かんごくとう》が、どんどん遠《とお》ざかっていく。

リボルノで、ダンテスは、とこ屋《や》へ行《い》った。かみを切《き》り、ひげをそる。かがみの中《なか》に、大人《おとな》の男《おとこ》の顔《かお》があらわれた。

上品《じょうひん》で知《ち》せいにみちた、大人《おとな》の男《おとこ》の顔《かお》があらわれた。

ダンテスは三十三歳《さい》。あのおそろしいろう屋《や》に入《い》れられてから、すでに十四年《ねん》がたっていた。

だが、それは決《けっ》して、むだな年月《ねんげつ》ではなかった。ファリア神父《しんぷ》とめぐりあい、ゆたかな学問《がくもん》の知識《ちしき》と愛《あい》をさずかった。しかも、今《いま》のダンテスには、宝《たから》さがしという目的《もくてき》もある。ダンテスは、密輸船《みつゆせん》ではたらきながら、しずかにチャンスを待《ま》った。

すると、ある日《ひ》、密輸船《みつゆせん》がモンテ・クリスト島《とう》へ立《た》ちよることになったのだ。スパダの秘宝《ひほう》がねむる無人島《むじんとう》へ！　ダンテスは、ふるえる心《こころ》で、ある計画《けいかく》を立《た》てた。

小《ちい》さな無人島《むじんとう》は、密輸《みつゆ》の基地《きち》になっているらしい。がけの上《うえ》には、密輸品《みつゆひん》の箱《はこ》が山《やま》づみになっている。ダンテスは仲間《なかま》の船員《せんいん》たちと上陸《じょうりく》し、せっせと荷物《にもつ》を船《ふね》に運《はこ》びこんだ。いよいよ作業《さぎょう》が終《お》わりかけたころ、計画《けいかく》を実行《じっこう》した。

「まずい！　足《あし》をくじいたようだ！」

とつぜんさけぶと、岩《いわ》の上《うえ》にうずくまる。心配《しんぱい》してかけよってきた仲間《なかま》たちに、いたみが止《と》まるまで、ここにいるとつげ、

「出発《しゅっぱつ》をのばせば、あんたたちの、もうけにひびく。一週間後《しゅうかんご》に、むかえに来《き》てくれ。用心《ようじん》のために、つるはし*1とたいまつだけは、おいていってくれ。」

とたのんだ。

そして、船《ふね》が見《み》えなくなったとたん、さっと立《た》ちあがると、歩《ある》きだした。

（ついに、スパダの秘宝《ひほう》をこの目《め》で見《み》られるのだ！）

東《ひがし》の湾《わん》の、二十番目《ばんめ》の岩《いわ》の、二つ目《め》のどうくつのおく深《ふか》く――。

場所《ばしょ》は、すぐわかった。ダンテスは、持《も》っていたつるはしで、岩《いわ》かべをたたきまわしてみた。すると、一方《いっぽう》のすみの音《おと》がおかしい。よく見《み》ると、そこだけはべつの石《いし》をつめこみ、色《いろ》をぬって、同《おな》じように見《み》せかけてある。その石《いし》をつるはしの先《さき》で、ていねいに、一つずつはずすと、ぽっかり大《おお》きなあなが開《あ》いた。

あなのおくには、スパダ家《け》の＊2紋章《もんしょう》がついた、大《おお》きな木箱《きばこ》が見《み》える。

ダンテスはさっそく、あなにとびこみ、宝《たから》の箱《はこ》にかけよった。

こじ開《あ》けた箱《はこ》の中《なか》には、光《ひか》りかがやく金貨《きんか》と、金《きん》ののべぼう、そしてきらびやかな宝石《ほうせき》が、ぎっしりつまっていた。

「神父《しんぷ》さま！　ありがとうございます。」

ダンテスはひざまずき、深々《ふかぶか》と十字《じゅうじ》を切《き》った。

＊1つるはし…かたい地面《じめん》などをくだくのに使《つか》う、先《さき》のとがった道具《どうぐ》。　＊2紋章《もんしょう》…王家《おうけ》や貴族《きぞく》などの、一家《いっか》を表《あらわ》す印《しるし》。

それから一週間後《しゅうかんご》。

やくそくどおりむかえに来《き》た密輸船《みつゆせん》で、リボルノに帰《かえ》り、そのまま船員《せんいん》をやめて、ジェノバに向《む》かった。

ジェノバには、世界一《せかいいち》の船大工《ふなだいく》がいる。

11

おどろくべき話《はなし》

五日後《いつかご》。マルセイユからだいぶはなれた村《むら》の、きたない宿屋《やどや》に、プゾーニと名乗《なの》る神父《しんぷ》がやってきた。

「あなたは、マルセイユの仕立屋《したてや》カドルッスさんですか。」

「へえ。今《いま》はこのとおり、安宿《やすやど》のおやじで。」

「じつはあなたに、先日《せんじつ》ろう屋《や》で死《し》んだ、エドモン・ダンテスという男《おとこ》からの、おくり物《もの》をとどけに来《き》たのです。」

「ダンテスが死《し》んだとねえ。で、遺産《いさん》を、あたしに？」

「ええ。かれといっしょのろうにいた、金持《かねも》ちの老人《ろうじん》からもらったものだそうですよ。」

神父《しんぷ》はカドルッスに、すばらしいダイヤの指輪《ゆびわ》を見《み》せた。

「*五万《まん》フランのダイヤです。五人《にん》で分《わ》けてほしいとのことでした。」

カドルッスは、ごくんとつばをのみ、目《め》をぎらぎらさせてきいた。

「で、その五人《にん》とは？」

神父《しんぷ》はカドルッスをじっと見《み》つめると、しずかに答《こた》えた。

「父親《ちちおや》と、恋人《こいびと》のメルセデス。ダングラールという会計係《かいけいがかり》と、メルセデスのいとこのフェルナン。そしてあなたの五人《にん》です。」

「父親《ちちおや》なら死《し》にましたよ。うえ死《じ》にみたいなもんで。」

「うえ死《じ》に？　どういうことです？」

神父《しんぷ》はまゆを上《あ》げ、真《ま》っ青《さお》な顔《かお》でつめよった。カドルッスは、目《め》

＊五万《まん》フラン…今《いま》のお金《かね》で五千万円《まんえん》くらい。

をぱちくりさせると答《こた》えた。

「ですからね、ダンテスがつかまると、メルセデスと船《ふね》の持《も》ち主《ぬし》のモレルさんが、ビルフォールって検事補《けんじほ》のところへ、何度《なんど》もたのみに行《い》ったんです。ダンテスを返《かえ》してくれとね。でも相手《あいて》にされなかったようで。父親《ちちおや》はがっかりして何《なに》も食《た》べなくなるわ、一文《いちもん》なしになるわ。モレルさんが、金《かね》の入《はい》ったさいふをわたしたんで

すが、手《て》もつけずに死《し》にました。今《いま》は、あたしが持《も》っていますよ。」

神父《しんぷ》は息《いき》をのみ、ますます真《ま》っ青《さお》になった。

「父親《ちちおや》はうえ死《じ》に……。ならば、五万《まん》フランは、あとの四人《にん》のものですな。」

「ですがね、神父《しんぷ》さま。この四人《にん》が、みんな悪者《わるもの》だとしたら？」

小《こ》がらなカドルッスは、ずるそうに、神父《しんぷ》を見上《みあ》げた。

「ダイヤは、あなた一人《ひとり》のものですよ。カドルッスさん。」

「じゃあ、いいましょう。罪《つみ》もないダンテスをはめたのは、ダングラールとフェルナンでして。二人《ふたり》は、幸《しあわ》せつづきのダンテスをねたんでね。やつが、ナポレオンの手紙《てがみ》を持《も》っていると、密告《みっこく》したんです。」

「今《いま》、その二人《ふたり》は？」

「ダングラールは、モレルさんのおかげで銀行家《ぎんこうか》になりまして。今《いま》や億万長者《おくまんちょうじゃ》。恩人《おんじん》のモレルさんが破産《はさん》*しそうなのに、知《し》らん顔《かお》ですがね。フェルナンは軍人《ぐんじん》で、ギリシャの王様《おうさま》に仕《つか》えていました。今《いま》じゃ、王様《おうさま》が殺《ころ》されると、なぜか、ばく大《だい》な財産《ざいさん》をもらってねえ。モルセール伯爵《はくしゃく》と名乗《なの》ってますよ。」

「で——メルセデスは？」

「フェルナンと結婚《けっこん》して、モルセール伯爵夫人《はくしゃくふじん》でさあ。」

「……わかりました。では、このダイヤの指輪《ゆびわ》をどうぞ。その代《か》わり、モレルさんのさいふをください。」

プゾーニ神父《しんぷ》はさいふを受《う》けとると、一礼《いちれい》して立《た》ちさった。

＊破産《はさん》…財産《ざいさん》をすっかりなくすこと。

12
シンドバッドのさいふ

よく日《じつ》。ひとりの紳士《しんし》が、マルセイユのモレル社《しゃ》にあらわれた。

「トムソン社《しゃ》の者《もの》です。お貸《か》ししている*二十万《まん》フランを、しはらっていただきにあがりました。」

店《みせ》の主人《しゅじん》のモレル氏《し》は、真《ま》っ青《さお》になった。

「お返《かえ》しするのを――少《すこ》しお待《ま》ちねがえませんか。」

マルセイユで一番《いちばん》のモレル社《しゃ》も、今《いま》はすっかりさびれ、店員《てんいん》は、むすめのジュリーと、その婚約者《こんやくしゃ》しかいない。主人《しゅじん》のモレル氏《し》が、ダンテスの罪《つみ》を晴《は》らそうとかけまわったのが、悪《わる》いうわさになり、

*二十万《まん》フラン…今《いま》のお金《かね》で二億円《おくえん》くらい。

みんなが取《と》り引《ひ》きをしたがらなくなったのだ。持《も》ち船《ぶね》も、ファラオン号《ごう》一せきになってしまった。

「ファラオン号《ごう》が帰《かえ》りましたら、つみ荷《に》を売《う》って、すぐおしはらいできるのですが。」

モレル氏《し》がそういったとき、むすめのジュリーがとびこんできた。

「お父《とう》さま！　ファラオン号《ごう》が……ちんぼつしました――。船員《せんいん》はみんな無事《ぶじ》だそうですけれど！」

「船員《せんいん》は無事《ぶじ》なんだね。ほっとした。だが――しかし――。」

ショックで今《いま》にもたおれそうなモレル氏《し》を見《み》て、紳士《しんし》はいった。

「お気《き》のどくに！　それではおしはらいを、少《すこ》しお待《ま》ちしましょう。そうですな。三か月後《げつご》の、九月五日《がつついつか》午前《ごぜん》十一時《じ》では？」

そして帰《かえ》りぎわ、むすめのジュリーに、そっとささやいた。
「だいじょうぶですよ、おじょうさん。いつか『船乗《ふなの》りシンドバッド』と書《か》いた手紙《てがみ》が、あなたにとどきます。お父《とう》さまを愛《あい》しておられるなら、かならず、その手紙《てがみ》に書《か》いてあるとおりにしてください。」

やくそくの三か月《げつ》が近《ちか》づいても、お金《かね》の用意《ようい》はできない。モレル氏《し》は、銀行家《ぎんこうか》のダングラールに借金《しゃっきん》をたのんだが、つめたくことわられた。

そしてついに、やくそくの九月五日《がついつか》がやってきた。

モレル氏《し》は朝《あさ》から部屋《へや》にかぎをかけて、とじこもっている。十一時《じ》になったら、自殺《じさつ》してわびるつもりなのだ。ジュリーと婚約者《こんやくしゃ》が店《みせ》のおくでふるえていると、一通《つう》の手紙《てがみ》がとどいた。

『ジュリーさん。すぐにメラン通《どお》り十五番地《ばんち》の六号室《ごうしつ》へ行《い》きなさい。だんろの上《うえ》に、赤《あか》い絹《きぬ》のさいふがあります。それを十一時《じ》になる前《まえ》に、お父《とう》さまにわたしてください。たのみますよ。

船乗《ふなの》りシンドバッド』

「まあ！　これは、あのシンドバッドさんからの——。」

ジュリーは、急《いそ》いで馬車《ばしゃ》にとびのった。

三十分後《ぷんご》の十一時《じ》一分前《ぷんまえ》。モレル氏《し》がピストルを取《と》りあげると、

「お父《とう》さま！　開《あ》けて！　助《たす》かりましたのよ！　ねえ、開《あ》けて！」

ジュリーの大声《おおごえ》がした。モレル氏《し》は、思《おも》わずドアを開《あ》けた。

ジュリーが赤《あか》い絹《きぬ》のさいふをかかげて、とびこんできた。モレル氏《し》は目《め》を見《み》はった。これは、ダンテスの父《ちち》におくったさいふだ。しかも、中《なか》には二十万《まん》フランの領収証《りょうしゅうしょう》*と、「おじょうさんの結婚《けっこん》いわいに」と書《か》かれたカードと、大《おお》きなダイヤモンドまで入《はい》っている。

モレル氏《し》が目《め》を丸《まる》くしたとたん、大時計《おおどけい》が十一時《じ》を知《し》らせ、

「ファラオン号《ごう》が帰《かえ》ってきたぞお！」

外《そと》で何人《なんにん》もの大声《おおごえ》がした。みんなで港《みなと》にかけつけると、前《まえ》とまったく同《おな》じ形《かたち》の「ファラオン号《ごう》モレル社《しゃ》」と書《か》かれた船《ふね》が見《み》えた。荷《に》

＊領収証《りょうしゅうしょう》…お金《かね》をしはらった証拠《しょうこ》となる書類《しょるい》。

物《もつ》を山《やま》とつみ、デッキには元《もと》の乗組員《のりくみいん》が、全員《ぜんいん》そろっている。
町《まち》の人《ひと》はみな、モレル氏《し》を見《み》ると、口々《くちぐち》におめでとうとさけんだ。

そのすがたを、建物《たてもの》のかげから、そっと見《み》ている男《おとこ》がいた。

トムソン社《しゃ》の紳士《しんし》こと、「船乗《ふなの》りシンドバッド」だ。

「これで、少《すこ》しは恩返《おんがえ》しができたかな。」

紳士《しんし》は、うれしそうにつぶやいた。

13

モンテ・クリスト伯《はく》登《とう》場《じょう》

そして九年後《ねんご》。

パリのモルセール伯爵家《はくしゃくけ》の広間《ひろま》には、むすこアルベールの友人《ゆうじん》たちが集《あつ》まり、一人《ひとり》の貴族《きぞく》を待《ま》っていた。

「ローマ旅行《りょこう》をしたとき、山賊《さんぞく》にあってね。なんでも『船乗《ふなの》りシンドバッド』の手下《てした》だそうだが。もう少《すこ》しで首《くび》をはねられるところを、助《たす》けてもらったんだ。ぼくの命《いのち》の恩人《おんじん》さ。名前《なまえ》は、モンテ・クリスト伯《はく》。」

アルベールが説明《せつめい》すると、

「モンテ・クリスト伯《はく》？　聞《き》いたことのない名前《なまえ》だなあ。」

だれかがいった。アルベールは、すぐにいいかえした。

「外国《がいこく》の貴族《きぞく》なのさ。ともかく、ふしぎな大金持《おおがねも》ちだよ。」

そのとき、＊執事《しつじ》の声《こえ》がした。

「モンテ・クリスト伯爵《はくしゃく》さまの、ごとう着《ちゃく》！」

長身《ちょうしん》の気品《きひん》あふれる紳士《しんし》が入《はい》ってきて、昼食会《ちゅうしょくかい》が始《はじ》まった。

＊執事《しつじ》…ヨーロッパで、身分《みぶん》の高《たか》い人《ひと》の家《いえ》ではたらく、いちばん位《くらい》の高《たか》い使用人《しようにん》。

「わたくし、パリは、はじめてでして。いろいろ、お教《おし》えください。」

一同《いちどう》は、伯爵《はくしゃく》のていねいな態度《たいど》に感《かん》げきし、パリ社交界《しゃこうかい》のうわさ話《ばなし》を次々《つぎつぎ》とひろうした。

「パリ一番《いちばん》の大物《おおもの》といえば、銀行家《ぎんこうか》のダングラール男爵《だんしゃく》*2と、ビルフォール検事総長《けんじそうちょう》*1と、アルベールの父《ちち》、モルセール伯爵《はくしゃく》なんですよ。」

「アルベールは、ダングラールのおじょうさんと結婚《けっこん》が決《き》まりましてね。」

「それは、おめでとう。」

伯爵《はくしゃく》はしずかにいった。すると、だれかがすかさず、さけんだ。

「ビルフォール検事総長《けんじそうちょう》のむすめの恋人《こいびと》も、ここにいますよ。」

軍服《ぐんぷく》すがたのハンサムな青年《せいねん》が、伯爵《はくしゃく》にさっと手《て》をさしだした。

「マクシミリアン・モレル大尉《たいい》[*3]です。お見知《みし》りおきを。」

「モレルさん？——ごきょうだいは？」

伯爵《はくしゃく》は一《いっ》しゅん、目《め》を見《み》はった。モレル大尉《たいい》はにこやかに答《こた》えた。

「はい、妹《いもうと》が一人《ひとり》おります。九年前《ねんまえ》に、ある方《かた》のおかげで、幸《しあわ》せな結婚《けっこん》ができました。どうぞ一度《ど》、ごしょうかいさせてください。」

「ぜひとも！　楽《たの》しみにしておりますよ。」

伯爵《はくしゃく》がにこやかにいったとき、この屋《や》しきの主人《しゅじん》が入《はい》ってきた。

「モルセール伯爵《はくしゃく》です。むすこが、お世話《せわ》になったとか——。」

フェルナンのハンサムぶった態度《たいど》は、むかしとまったくかわっていない。だが今《いま》はしらが目立《めだ》ち、勲章《くんしょう》だらけの軍服《ぐんぷく》を着《き》ている。

モンテ・クリスト伯《はく》が、じろりとながめると、

＊1ひろう…広《ひろ》く人々《ひとびと》に知《し》らせること。　＊2男爵《だんしゃく》…貴族《きぞく》の位《くらい》の一つ。伯爵《はくしゃく》よりは位《くらい》がひくい。
＊3大尉《たいい》…軍隊《ぐんたい》の位《くらい》の一つ。

「では、これから*1議会《ぎかい》で演説をしなければなりませんので。」

さっさと食堂《しょくどう》を出《で》ていった。アルベールが、いそいで話題《わだい》をかえた。

「で、モンテ・クリスト伯《はく》、今《いま》は、パリのどちらにお住《す》まいで？」

「シャンゼリゼに一けん、家《いえ》をもとめました。そこに使用人《しようにん》と、女《おんな》の*2どれいと住《す》んでおります。」

「シャンゼリゼ！　あの高級地《こうきゅうち》に、女《おんな》の――どれいと？」

みんなが目《め》を丸《まる》くしたとき、この家《いえ》の女主人《おんなしゅじん》が入《はい》ってきた。

「お母《かあ》さま！　こちらがぼくの命《いのち》の恩人《おんじん》ですよ。」

女主人《おんなしゅじん》メルセデスは、伯爵《はくしゃく》の顔《かお》を見《み》ると、あっと小《ちい》さな声《こえ》を上《あ》げ、

「それはまことに——ありがとうございました。」

やっとの思《おも》いでいうと、その場《ば》にたおれこんだ。

「お母《かあ》さま、どうなさいました？」

アルベールがあわててかけよる。友人《ゆうじん》たちがさわぎだし、執事《しつじ》がとんできた。

伯爵《はくしゃく》はそれを機会《きかい》に引《ひ》きあげた。その顔《かお》が、夫人《ふじん》以上《いじょう》に青《あお》ざめていたことには、だれも気《き》づかなかった。

ごうかな馬車《ばしゃ》が動《うご》きだすと、屋《や》しきのまどのカーテンが、かすかにゆれた。そこから白《しろ》い顔《かお》がそっとのぞくのを、伯爵《はくしゃく》は見《み》のがさなかった。

＊1議会《ぎかい》…政治《せいじ》について決《き》める会《かい》。
＊2どれい…自由《じゆう》をうばわれ、はたらかされる人《ひと》。

14
王女《おうじょ》エデ

モンテ・クリスト伯《はく》は、たちまち、パリ*1社交界《しゃこうかい》の人気者《にんきもの》になった。おしゃれで大金持《おおがねも》ちで気前《きまえ》がよく、シャンゼリゼの大《おお》きな屋《や》しきのほかに、*2ブローニュの森《もり》に別荘《べっそう》も買《か》ったという。しかも、なぞめいたギリシャの美女《びじょ》をつれ、毎晩《まいばん》のように、オペラや劇《げき》を楽《たの》しみにあらわれる。

そんな人物《じんぶつ》を、人々《ひとびと》が放《ほう》っておくはずもない。だが伯爵《はくしゃく》は、ただ遊《あそ》びくらしていたわけではなかった。着々《ちゃくちゃく》と、復《ふく》しゅうのわなをしかけていたのだ。

するとある日《ひ》、銀行家《ぎんこうか》のダングラールが、お金《かね》をあずけませんか、とやってきた。

「そうですな。ではまず五百万《まん》[*3]フランほど、おあずけしましょうか。」

お金《かね》を多《おお》くあずけてもらうほど、銀行《ぎんこう》はもうかる。ダングラールは、大《おお》よろこびだ。

「五百万《まん》フラン！　ありがとうございます！　どうぞ安心《あんしん》して、おあずけください。わたしの銀行《ぎんこう》には、フランス国王《こくおう》がついております。決《けっ》して、つぶれるなどということは、ございませんからね。」

むねをはってみせた。

（よし、かかったぞ。一人目《ひとりめ》だ。）

伯爵《はくしゃく》は、ひそかにうなずくと、さりげなくきいた。

＊1社交界《しゃこうかい》…王族《おうぞく》、貴族《きぞく》、上流階級《じょうりゅうかいきゅう》の人々《ひとびと》が集《あつ》まる場《ば》。　＊2ブローニュの森《もり》…パリにある、緑《みどり》ゆたかな大《おお》きな森《もり》。
＊3五百万《ひゃくまん》フラン…今《いま》のお金《かね》で五十億円《おくえん》くらい。

「ところで、おじょうさまは、モルセール伯《はく》のむすこ、アルベールくんと、結婚《けっこん》なさるとか？」

「はい。ま、財産《ざいさん》を少《すこ》し、持《も》たせてやらねばなりませんが。あちらは有名《ゆうめい》な伯爵家《はくしゃくけ》だ。両家《りょうけ》が組《く》めば、こわいものなしですよ、ははは。」

「わかいお二人《ふたり》は、いいご夫婦《ふうふ》になれそうですか。」

伯爵《はくしゃく》がきくと、ダングラールは肩《かた》をすぼめた。

「さあね。だが、ともかく金《かね》には、こまらんでしょう。世《よ》の中《なか》、何《なに》より大事《だいじ》なのは、金《かね》ですからな。」

次《つぎ》の日《ひ》、シャンゼリゼの伯爵邸《はくしゃくてい》に、一人《ひとり》のうすぎたない、わかい男《おとこ》があらわれた。男《おとこ》は伯爵《はくしゃく》から何《なに》やら命《めい》じられ、ぶあつい札束《さつたば》を受《う》けとると、うら門《もん》から出《で》ていった。

次《つぎ》の週《しゅう》、同《おな》じ男《おとこ》が、すっかり身《み》ぎれいになり、「カバルカンティ*子爵《ししゃく》」と名乗《なの》ってパリの社交界《しゃこうかい》に登場《とうじょう》した。

＊子爵《ししゃく》…貴族《きぞく》の位《くらい》の一つ。伯爵《はくしゃく》より下《した》で、男爵《だんしゃく》より上《うえ》。

同《おな》じ週《しゅう》のある晩《ばん》、伯爵《はくしゃく》はいつものように、なぞの美女《びじょ》をつれて、オペラ見物《けんぶつ》に出《で》かけた。美女《びじょ》の名前《なまえ》は、エデ。元《もと》はギリシャの王女《おうじょ》だが、わけあって、トルコのどれい市場《いちば》で売《う》られていたのを、数年《すうねん》前《まえ》に伯爵《はくしゃく》が見《み》かねて、買《か》いとった。まだ子《こ》どもだったエデを、伯爵《はくしゃく》は実《じつ》の子《こ》のように愛《あい》してきた。今《いま》はすっかり美《うつく》しいむすめに育《そだ》ち、楽《たの》しい話《はな》し相手《あいて》でもある。

そのエデが、劇場《げきじょう》のロビーで、あっと声《こえ》を上《あ》げた。

「あの男《おとこ》！　父《ちち》を殺《ころ》したのは、あの男《おとこ》ですわ！」

エデがそっと指《ゆび》さしたのは、モルセール伯《はく》フェルナンだった！

「いいかね。これは大事《だいじ》なことだよ。まちがいないね。」

モンテ・クリスト伯《はく》の言葉《ことば》に、エデは深《ふか》くうなずいた。

「わたくしが四歳《さい》のとき、兵士《へいし》たちが、反乱《はんらん》を起《お》こしました。それを指揮《しき》したのが、ギリシャ王《おう》であった父《ちち》に仕《つか》えていた、フランス人《じん》のフェルナンだったのです。父《ちち》のしんらいをうらぎり、父母《ふぼ》を殺《ころ》し、ギリシャ軍《ぐん》を全《ぜん》めつさせ、ギリシャ王家《おうけ》の財産《ざいさん》をすべてうばい、わたくしをトルコのどれい市場《いちば》に売《う》りとばしたのは、フェルナン。あの顔《かお》に、まちがいはありません！」

伯爵《はくしゃく》は、エデの肩《かた》をやさしくだくと、屋《や》しきにもどった。

そしてすぐ、ギリシャの役所《やくしょ》に、問《と》い合《あ》わせの手紙《てがみ》を書《か》いた。

よく朝《あさ》は、べつのわなをはることにした。

伯爵《はくしゃく》は、パリにいちばん近《ちか》い、政府《せいふ》の信号所《しんごうしょ》に、ぶらりと立《た》ちよった。信号所《しんごうしょ》というのは、パリから二十キロメートルずつはなれた丘《おか》の上《うえ》にたてられた塔《とう》で、屋根《やね》の上《うえ》に大《おお》きな木《き》のうでがついている。どこかで事件《じけん》が起《お》こると、信号係《しんごうがかり》がそれを動《うご》かし、次《つぎ》の信号所《しんごうしょ》へ信号《しんごう》を送《おく》る。こうして、どんな遠《とお》くで起《お》こった事件《じけん》の知《し》らせも、たちまち、パリの政府《せいふ》にとどく仕組《しく》みになっているのだ。

伯爵《はくしゃく》は、信号係《しんごうがかり》に札束《さつたば》と一まいの紙《かみ》を見《み》せて、いった。

「あなたは、とても園芸《えんげい》がすきだそうですね。どうです、このお金《かね》と引《ひ》きかえに、信号《しんごう》を一行《ぎょう》、送《おく》ってくれませんか。これだけあれば、広《ひろ》い農園《のうえん》が買《か》えますよ。」

金《かね》に目《め》がくらんだ信号係《しんごうがかり》は、すぐに、うその信号《しんごう》を送《おく》った。そこには、

〝スペイン　デ　カクメイ*　ガ　オキタ〟

と書《か》かれていた。

*革命《かくめい》…国《くに》や社会《しゃかい》の仕組《しく》みなどを、急《きゅう》に大《おお》きくかえること。

15

ふしぎな警告状《けいこくじょう》

信号《しんごう》を読《よ》んだ政府《せいふ》の役人《やくにん》が、ダングラールの屋《や》しきにとんできた。革命《かくめい》が起《お》こった国《くに》＊1の株《かぶ》を持《も》っていたがる人《ひと》はいない。革命《かくめい》が起《お》こった国《くに》の株《かぶ》は、たちまち値下《ねさ》がりし、ただ同然《どうぜん》になるからだ。ダングラールはすぐ、スペインの株《かぶ》を全部売《ぜんぶう》った。

だが次《つぎ》の日《ひ》、知《し》らせはまちがいだとわかった。ダングラールは、一日《にち》で百万《まん》フランの大損《おおぞん》をした。次《つぎ》はイタリアの会社《かいしゃ》が倒産《とうさん》して、百七十万《まん》フランの損《そん》。財産《ざいさん》は、へるばかりだ。

「こまった。なんとか、損《そん》を取《と》りかえす方法《ほうほう》は、ないものか。」

ダングラールはある日《ひ》、さりげなくモンテ・クリスト伯《はく》にきいた。

「カバルカンティ子爵《ししゃく》とは、どんなお方《かた》です？」

「イタリアの大金持《おおがねも》ちでね。きっとあなたの力《ちから》になってくれますよ。それに、およめさんも、さがしておいでのようだ。あの人《ひと》と結婚《けっこん》するむすめさんは、たいへんな財産家《ざいさんか》になりますなあ。でも、あなたのおじょうさんは――。」

伯爵《はくしゃく》は、ちらりとダングラールを見《み》た。ダングラールは、あわてていった。

「ええ、ええ、モルセール伯《はく》フェルナンのむすこと……だが――。」

ダングラールは、何《なに》かを決心《けっしん》したように、うなずいた。

ダングラールはなんと、よく日《じつ》、むすめにアルベールとの婚約《こんやく》を

＊株《かぶ》…会社《かいしゃ》が、お金《かね》を集《あつ》めるために売《う》る権利《けんり》。もうけるために、売《う》り買《か》いすることがある。

〈モルセール家《け》とダングラール家《け》〉

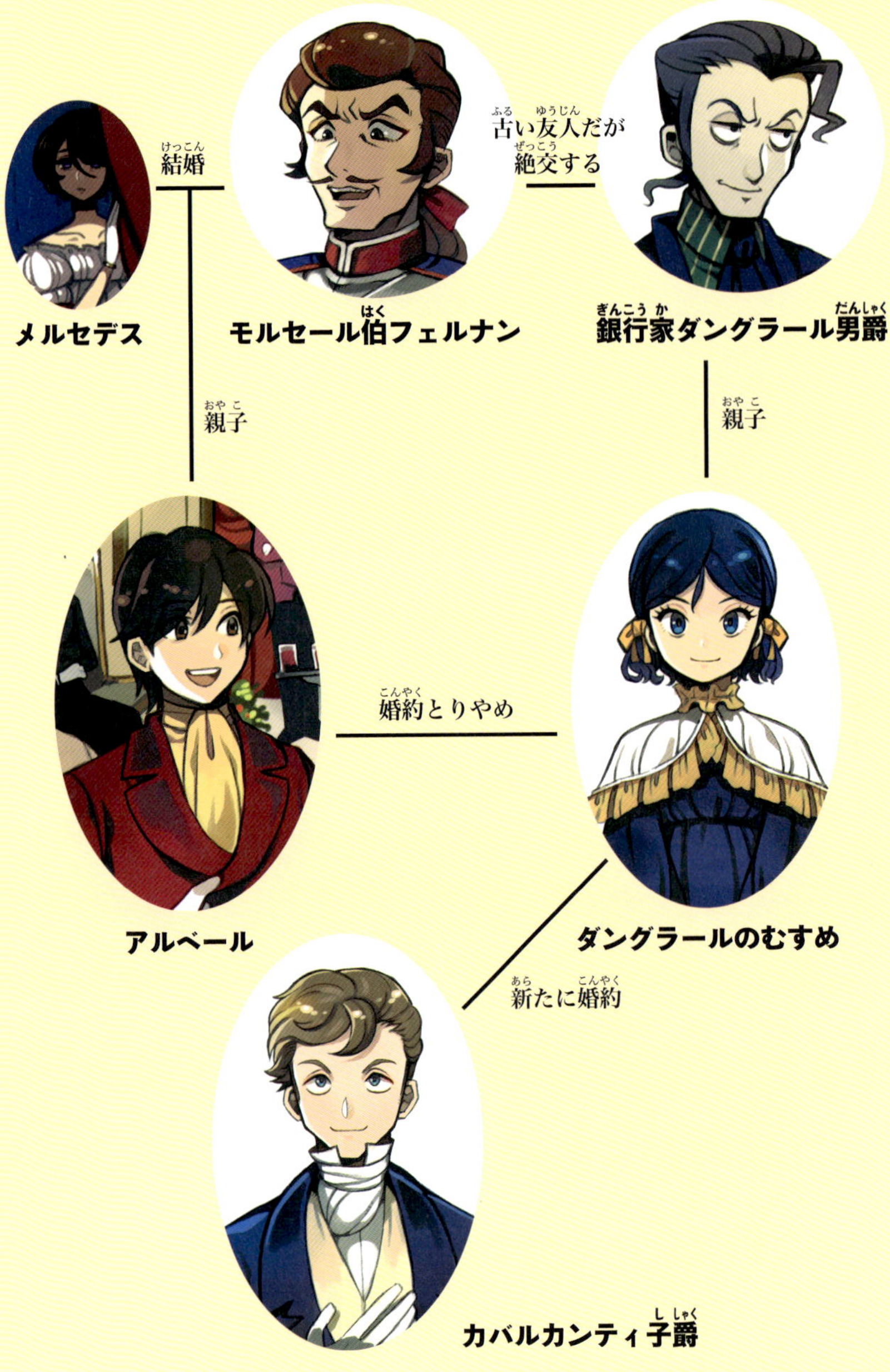

メルセデス
結婚《けっこん》
モルセール伯《はく》フェルナン
古《ふる》い友人《ゆうじん》だが
絶交《ぜっこう》する
銀行家《ぎんこうか》ダングラール男爵《だんしゃく》
親子《おやこ》
親子《おやこ》
アルベール
婚約《こんやく》とりやめ
ダングラールのむすめ
新《あら》たに婚約《こんやく》
カバルカンティ子爵《ししゃく》

やめさせ、カバルカンティ子爵《ししゃく》と婚約《こんやく》させてしまった。モルセール伯《はく》フェルナンは怒《いか》り、ダングラール男爵《だんしゃく》と絶交《ぜっこう》した。

モンテ・クリスト伯《はく》は、にんまりわらった。

だが伯爵《はくしゃく》の復《ふく》しゅう計画《けいかく》は、ここで一晩《ひとばん》だけ休《やす》みとなる。

シャンゼリゼの屋《や》しきに、一通《つう》のふしぎな警告状《けいこくじょう》がとどいたのだ。

『今夜《こんや》、お屋《や》しきにどろぼうが入《はい》ります。警察《けいさつ》には知《し》らせず、どうぞ、伯爵《はくしゃく》さまのお手《て》でつかまえてください。』

(一体《いったい》、どういうことだ?)

モンテ・クリスト伯《はく》は、首《くび》をかしげた。

警告《けいこく》どおり、夜《よ》ふけに一人《ひとり》の小《こ》がらな男《おとこ》が、まどからしのびこん

できた。伯爵《はくしゃく》が、柱《はしら》のかげからのぞいてみると――カドルッスだ！

伯爵《はくしゃく》は急《いそ》いで神父《しんぷ》のすがたになり、後《うし》ろから、声《こえ》をかけた。

「わたしをおわすれですか、カドルッスさん。」

「うわっ！　あんた――プゾーニ神父《しんぷ》！　どうして、ここに？」

「また、何《なに》か悪《わる》いことをしようとしていますね、カドルッスさん。

あなたは、わたしがあげたダイヤの指輪《ゆびわ》を宝石商《ほうせきしょう》に売《う》り、金《かね》をもらった上《うえ》で、その宝石商《ほうせきしょう》を殺《ころ》しましたね。そして警察《けいさつ》にとらえられ、脱獄《だつごく》した。その話《はなし》は聞《き》いていますよ。ある友人《ゆうじん》から。」

プゾーニ神父《しんぷ》は、カドルッスをじろりとにらむと、つづけた。

「だが、だれにいわれて、ここに？　神《かみ》も、そこまでは教《おし》えてくださいませんからね。」

「刑務所仲間《けいむしょなかま》のベネディットさ。今《いま》はカバルカンティ〝にせ〟子爵《ししゃく》さまだがねえ。やつに、金《かね》を出《だ》せ、さもないとダングラールに、おまえの正体《しょうたい》をばらして、結婚話《けっこんばなし》をだめにしてやるぞと、おどしたのさ。そしたらあいつ、金《かね》ならモンテ・クリスト伯《はく》の屋《や》しきにどっさりあると、屋《や》しきの図面《ずめん》をかいてよこしたんだよ。さあ、どけよお！」

ナイフをふりあげたカドルッスを、伯爵《はくしゃく》は、ゆかにねじふせた。

「わたしが、だれか、わかるかね。」

伯爵《はくしゃく》は、神父《しんぷ》のぼうしを取《と》って、放《ほう》りなげ、カドルッスの顔《かお》を、上《うえ》からじっとのぞきこんだ。

「え？　うわあ！　ダンテスだあああ！」

　カドルッスは、ゆうれいでも見《み》たように青《あお》くなり、あわてて、まどからにげだした。だが道《みち》に下《お》りたとたん、何者《なにもの》かにおそわれ、ばたりとたおれた。

　伯爵《はくしゃく》が近《ちか》づくと、カドルッスは苦《くる》しい息《いき》のもとでいった。

「どうか――こう書《か》いて――。〝あたしをおそって殺《ころ》したのは、カバルカンティ子爵《ししゃく》こと、刑務所仲間《けいむしょなかま》のベネディットです〟。」

　そして書《か》かれた紙《かみ》にサインし、息《いき》を引《ひ》きとった。

16

復《ふく》しゅうはつづく

モンテ・クリスト伯《はく》こと、エドモン・ダンテスの、次《つぎ》の復《ふく》しゅうの相手《あいて》は、検事総長《けんじそうちょう》ビルフォールだった。伯爵《はくしゃく》は、ビルフォールの家族《かぞく》のようすを、くわしく調《しら》べあげていた。

ビルフォールには最近結婚《さいきんけっこん》した、わかい妻《つま》と、小《ちい》さいむすこがいる。前《まえ》の妻《つま》との間《あいだ》には、バランティーヌという、やさしいむすめがいて、老《お》いて病気《びょうき》になったビルフォールの父《ちち》、ノワルティエ氏《し》のめんどうを見《み》ているらしい。

そしてバランティーヌの恋人《こいびと》が、マクシミリアン・モレルなのだ。

(恩人《おんじん》モレルさんのむすこと、復《ふく》しゅう相手《あいて》ビルフォールのむすめが、恋人同士《こいびとどうし》！　なんという運命《うんめい》のいたずらだろう！)

モンテ・クリスト伯《はく》ことエドモン・ダンテスは思《おも》わず、ため息《いき》をついた。

しかも最近《さいきん》、ビルフォール家《け》では、きみょうな事件《じけん》が、つづいておきているという。ビルフォールの前《まえ》の妻《つま》の両親《りょうしん》と、ノワルティエ老人《ろうじん》の使用人《しようにん》が、次々《つぎつぎ》と*中毒《ちゅうどく》で死《し》んだのだ。

医者《いしゃ》はビルフォールを、そっとわきによびよせ、

「いちおう〝事故《じこ》〟としておきますが。これは〝殺人《さつじん》〟です。そして犯人《はんにん》は、バランティーヌさんとしか思《おも》えませんな。」

とささやき、つづけた。

*中毒《ちゅうどく》…毒物《どくぶつ》を、体《からだ》の中《なか》に取《と》りいれたため、具合《ぐあい》が悪《わる》くなること。

「三人《にん》が亡《な》くなって、遺産《いさん》をもらえるのは、あのむすめさんでしょう。十分気《じゅうぶんき》をつけて、これ以上犯行《いじょうはんこう》をくりかえさせないように。検事総《けんじそう》長《ちょう》のむすめが連続殺人犯《れんぞくさつじんはん》となれば、新聞《しんぶん》がさわぎだす。あなたは、検《けん》事総長《じそうちょう》を、やめなくてはいけなくなりますぞ。」

だがそのバランティーヌも毒《どく》を飲《の》まされ、今《いま》や重体《じゅうたい》だ。一体《いったい》だれの犯行《はんこう》なのか。こんなことが世間《せけん》に知《し》れたらどうなるか。検事総長《けんじそうちょう》は、ひそかに頭《あたま》をなやませている。

同《おな》じころ、バランティーヌが心配《しんぱい》でならない、恋人《こいびと》のマクシミリアン・モレルが、ついにモンテ・クリスト伯《はく》に助《たす》けをもとめてきた。

「伯爵《はくしゃく》。おねがいです。あなたのお知恵《ちえ》とお力《ちから》で、どうか、バランティーヌをすくってやってください。」

伯爵《はくしゃく》はしばらく考《かんが》えていたが、心《こころ》を決《き》めた。

バランティーヌは、にくきビルフォールのむすめ。だが、むすめまでにくむ理由《りゆう》が、どこにある？

「わかりました。ただ、何《なに》があっても、うろたえてはいけませんよ。」

マクシミリアンによくいいきかせて、家《いえ》に帰《かえ》した。

次《つぎ》の日《ひ》、検事総長《けんじそうちょう》の家《いえ》のとなりに、プゾーニ神父《しんぷ》がこしてきた。同時《どうじ》に職人《しょくにん》たちがやってきて、検事総長《けんじそうちょう》の家《いえ》とのさかいに、へいをたてはじめた。

その次《つぎ》の日《ひ》から、バランティーヌは、高熱《こうねつ》のせいか、夜中《よなか》になると神父《しんぷ》のまぼろしを見《み》るようになった。

（神様《かみさま》が、神父《しんぷ》さまのおすがたで、天国《てんごく》からわたしを、むかえにいらしたのかしら？）

だが、ふしぎなことに、まぼろしがあらわれるたびに、具合《ぐあい》が少《すこ》しずつ、よくなっていく。かしこいバランティーヌは、何《なに》かわけがあると気《き》づいた。だが、そのことをだれにもいわず、だまっていた。

するとある真夜中《まよなか》、バランティーヌがうっすら目《め》を開《あ》けると、本《ほん》だなのかげから、また神父《しんぷ》のまぼろしがあらわれ、ささやいた。

「さあ、ごらんなさい。もうすぐ、あなたのコップに毒《どく》を入《い》れに来《く》る人《ひと》がいますよ。」

バランティーヌが息《いき》をつめて待《ま》っていると、ひとりのわかい女《おんな》が部屋《へや》に入《はい》ってきて、バランティーヌのコップに何《なに》かを入《い》れた。

（あれは――お母《かあ》さま！　ああ！　なぜ？　どうして。）

おどろくバランティーヌに、神父《しんぷ》は薬《くすり》を一つぶあたえると、いった。
「新《あたら》しいお母《かあ》さんは、あなたの財産《ざいさん》がほしいのだ。わたしは、マクシミリアンにたのまれて、あなたをすくいに来《き》た。さあ、飲《の》んで。あとはわたしに、まかせなさい。」
薬《くすり》を飲《の》むとすぐ、バランティーヌの息《いき》が止《と》まった。
よく日《じつ》、バランティーヌのそう式《しき》が行《おこな》われた。

伯爵《はくしゃく》は、自殺《じさつ》しようとするマクシミリアンの肩《かた》をゆするといった。

「わたしの顔《かお》をよく見《み》なさい！　わかりませんか？　わたしは、あなたのお父《とう》さま、モレルさんにお世話《せわ》になった、ダンテスです。『船乗《ふなの》りシンドバッド』として、少《すこ》しばかりの恩返《おんがえ》しをした、あの男《おとこ》です。だから、わたしをしんじ、死《し》ぬのは一か月《げつ》だけ待《ま》ちなさい。いいですね！」

よく日《じつ》、ビルフォールが、わかい妻《つま》の犯行《はんこう》をつきとめた。四人全員《にんぜんいん》に毒薬《どくやく》を飲《の》ますことができるのは、どう考《かんが》えても妻《つま》しかいない。

「おまえは、四人《にん》も殺《ころ》したのだ！　ただですむと思《おも》うのか！」

「ああ、ゆるして！　バランティーヌさんが死《し》ねば、この家《いえ》の財産《ざいさん》は全部《ぜんぶ》、ぼうやのものになると思《おも》って、つい……。」

ビルフォールは、なきすがる妻《つま》をつめたくつき放《はな》し、裁判《さいばん》に出《で》た。それは、カドルッスをモンテ・クリスト伯爵邸《はくしゃくてい》にしのびこませて殺《ころ》した、ベネディットの裁判《さいばん》だった。

ところがビルフォールが、重々《おもおも》しいようすで検事《けんじ》のいすに着席《ちゃくせき》すると、思《おも》いがけないことが起《お》こった。

「へへん、父《とう》さん！　お元気《げんき》ですか。」

さばきを受《う》けるベネディットが、へらへらとよびかけたのだ。ビルフォールはまゆを上《あ》げた。ベネディットは、口《くち》をゆがめるといった。

「わすれたのかい？　あんたは、自分《じぶん》と、妻《つま》ではない女《おんな》との間《あいだ》に生《う》まれたおれを箱《はこ》に入《い》れて、ある家《いえ》の庭《にわ》にうめた。だけど、親切《しんせつ》な人《ひと》に助《たす》けだされたんだよ。あんたが父親《ちちおや》だって証拠《しょうこ》なら、いくらでもあるんだぜ！　え？」

ビルフォールは真《ま》っ青《さお》になり、ふらふら立《た》ちあがると、家《いえ》に帰《かえ》ってしまった。だが、わが家《や》で待《ま》っていたのは、毒《どく》を飲《の》んで死《し》んだ妻《つま》と、むすこのなきがらだった。

そこへ、プゾーニ神《しん》父《ぷ》があらわれた。

「なんだ神《しん》父《ぷ》！　死神《しにがみ》のような顔《かお》をして、なんの用《よう》だ？」

ビルフォールがわめくと、神《しん》父《ぷ》はかつらを引《ひ》きむしり、ビルフォールの顔《かお》をまじまじと見《み》つめて、さけんだ。

「これでもわからないか！　わたしは、モンテ・クリスト伯《はく》こと、エドモン・ダンテス。おまえがむかし、出世《しゅっせ》と引《ひ》きかえに、監獄《かんごく》島《とう》に送《おく》った罪《つみ》のない男《おとこ》だ！」

ビルフォールは、あっとさけぶと、伯爵《はくしゃく》を指《ゆび》さし、とつぜん、けたけたわらいながら、庭《にわ》の土《つち》を手《て》でほりはじめた。
「どこだ？　どこへ、うずめた？　あのやっかいな赤《あか》んぼう……。」
（完全《かんぜん》に――おかしくなっている……。）
ダンテスは、庭《にわ》をほりつづけるビルフォールのすがたを、ぼうぜんと見《み》つめた。

17

うらぎり者《もの》の最後《さいご》

よく朝《あさ》、パリの有名《ゆうめい》な新聞《しんぶん》に、おどろくべき記事《きじ》がのった。

〝ギリシャ王《おう》殺《さつ》害《がい》事《じ》件《けん》。モルセール伯爵《はくしゃく》は、うらぎり者《もの》か？〟

午後《ごご》になると、むすこのアルベールが、その新聞《しんぶん》をにぎりしめて、モンテ・クリスト伯爵邸《はくしゃくてい》に乗《の》りこんできた。

「新聞社《しんぶんしゃ》の友人《ゆうじん》に聞《き》きました！　あなたですね！　こんな出《で》たら目《め》な記事《きじ》をのせさせたのは！　わが父《ちち》が、うらぎり者《もの》!?　父《ちち》の名誉《めいよ》のために、決《けっ》とうを申《もう》しこみます。」

「お受《う》けしましょう……。」

伯爵《はくしゃく》は、しずかにいった。決《けっ》とうといえば、どちらかが、かならず死《し》ぬ。場合《ばあい》によっては、両方《りょうほう》が死《し》ぬことになるのだ。

その晩《ばん》、伯爵《はくしゃく》が決《けっ》とう用《よう》のピストルを調《しら》べていると、そっと部屋《へや》のドアが開《あ》き、ベールをかぶった女性《じょせい》が入《はい》ってきた。

「あなたは――メルセデス！」

「ああ、エドモン！　おわびにまいりました。この間《あいだ》、すべて知《し》りました。無実《むじつ》のあなたが、あんなに長《なが》い間《あいだ》、刑務所《けいむしょ》に入《い》れられたのは、夫《おっと》のせいなのです。夫《おっと》はわたくしと結婚《けっこん》したいがために、あなたをおとしいれました。そしてわたくしは、あなたの帰《かえ》りを待《ま》てませんでした。あなたが夫《おっと》をにくみ、わたくしをにくむお気《き》持《も》ちは、よくわかります。でも、むすこはべつですわ。どうか、アルベールの命《いのち》だけは、助《たす》けてやってくださいませ。」

「つまり――わたしに、決《けっ》とうに負《ま》けて、死《し》ねとおっしゃる？」

「いえ。道《みち》はそれだけでないと、申《もう》しあげたかったのです。」

メルセデスはそういうと、しずかに帰《かえ》っていった。

（わからない……。）

ダンテスは首《くび》をかしげた。メルセデスのむすこを助《たす》けるには、自《じ》分《ぶん》が死《し》ぬしかないではないか。それ以外《いがい》に、どんな道《みち》がある？

よく朝《あさ》、伯爵《はくしゃく》が部屋《へや》を出《で》ると、エデがドアの前《まえ》でねむりこんでいた。エデは、伯爵《はくしゃく》のただならぬようすを心配《しんぱい》し、一晩中《ひとばんじゅう》、ドアの前《まえ》で待《ま》っていたのだ。

(アルベールがメルセデスの子《こ》なら、わたしにも、むすめ同様《どうよう》のエデがいる。エデよ！　おまえを一人《ひとり》のこして死《し》ぬのは、つらすぎる。)

伯爵《はくしゃく》は、エデを強《つよ》くだきしめ、出発《しゅっぱつ》した。

ところが決《けっ》とうの会場《かいじょう》に着《つ》くと、意外《いがい》なことがおきた。アルベールが進《すす》みでて、伯爵《はくしゃく》に深《ふか》く頭《あたま》を下《さ》げていったのだ。

「モンテ・クリスト伯爵《はくしゃく》に、心《こころ》からおわびもうしあげたい。母から、すべて聞《き》きました。父《ちち》は、たいへんなうらぎり者《もの》で、あなたをおとしいれた、きたない人間《にんげん》です。この決《けっ》とうはどうか、中止《ちゅうし》にねがいたい！」

ダンテスはあっけにとられ、同時《どうじ》に、ほっとむねをなでおろした。

そのころ議会《ぎかい》では、ギリシャ王殺害事件《おうさつがいじけん》について、大議論《だいぎろん》が行《おこな》われていた。だが、モルセール伯《はく》フェルナンは、平気《へいき》な顔《かお》をしていた。

今《いま》はもう、自分《じぶん》が犯人《はんにん》と証明《しょうめい》できる者《もの》など、いないはず。だが……、

「証人《しょうにん》がいらっしゃいました！　エデ王女《おうじょ》です。」

エデは、当時《とうじ》のようすをくわしく語《かた》り、フェルナンを指《ゆび》さすと、

「うらぎり者《もの》は、この男《おとこ》です。まちがいありません。」

と、きっぱりいった。

モルセール伯《はく》フェルナンは、にげるように議会《ぎかい》をさり、そのまま馬車《ばしゃ》で家《いえ》に帰《かえ》った。

モンテ・クリスト伯《はく》が、決《けっ》とう場《じょう》から帰《かえ》ってくると、議会《ぎかい》からもどっていたエデが、ぼろぼろなみだを流《なが》しながら、とびついてきた。

「ああ！　よかった！　生《い》きてお帰《かえ》りですのね！」

そのとき、執事《しつじ》が、

「モルセール伯《はく》フェルナンさまが、お見《み》えでございます。」

とつげた。フェルナンは黒《くろ》ずくめの服《ふく》に、黒手《くろて》ぶくろをはめた手《て》で、ピストルをふりまわしながら、わめいた。

「こしぬけむすこが、決《けっ》とうをことわったそうだな！　ではわたしが、相手《あいて》になろう！」

「そうですか。よろこんでお受《う》けしましょう。ただし、あなたのむすこさんは、決《けっ》してこしぬけではない。勇気《ゆうき》あふれる青年《せいねん》ですよ。」

モンテ・クリスト伯《はく》はそういうと、エデをなだめて部屋《へや》に帰《かえ》した。

フェルナンはますます、いかりくるい、わめきたてる。

「おのれ！　いやらしいやつめ！　わたしの過去《かこ》をあばきたてて、何《なに》がおもしろい。モンテ・クリスト伯《はく》。ふん、どうせ、どこかのインチキ貴族《きぞく》だろう。決《けっ》とうの前《まえ》に、名《な》を明《あ》かせ！　正体《しょうたい》を！」

「なるほど。」

モンテ・クリスト伯《はく》は、氷《こおり》のようなまなざしでフェルナンを見《み》つめ、さっと、となりの部屋《へや》へ入《はい》った。それからすぐもどってくると、フェルナンに、古《ふる》い船員《せんいん》の帽子《ぼうし》とシャツをつきつけた。

「これでも、わからないか！　わたしはエドモン・ダンテス。おまえに愛《あい》する婚約者《こんやくしゃ》をうばわれ、長《なが》い間《あいだ》、闇《やみ》ろうにとじこめられた、

あの、
エドモン・
ダンテスだ！」

フェルナンの顔《かお》が真《ま》っ青《さお》になり、わなわなとふるえだした。

「……ダンテス？　まさか！　あのダンテスが——生《い》きていたとは!?」

モルセール伯《はく》フェルナンは、とつぜんダンテスに背《せ》を向《む》けると、伯爵邸《はくしゃくてい》のげんかんにとつ進《しん》し、ふらふらと馬車《ばしゃ》に乗《の》りこんだ。


フェルナンの馬車《ばしゃ》が自宅《じたく》にもどると、入《い》れかわりに、妻《つま》メルセデスと、むすこアルベールを乗《の》せた馬車《ばしゃ》が、屋《や》しきの前《まえ》を走《はし》りさった。

二人《ふたり》は、フェルナンにあいそをつかし、永遠《えいえん》に家《いえ》を出《で》ることにしたのである。

その五分後《ふんご》、屋《や》しきの中《なか》から、一発《ぱつ》の銃声《じゅうせい》が聞《き》こえた。

これが、うらぎり者《もの》の最後《さいご》だった。

もう一人《ひとり》のうらぎり者《もの》、ダングラールにも、最後《さいご》が近《ちか》づいていた。

仕事《しごと》のしっぱいがつづき、財産《ざいさん》をほとんどうしなったダングラールは、むすめを大金持《おおがねも》ちのカバルカンティ子爵《ししゃく》と結婚《けっこん》させることに成功《せいこう》した。

だが、ほっとしたのもつかの間《ま》、結婚《けっこん》パーティーの当日《とうじつ》、とつぜん警官隊《けいかんたい》が乗《の》りこんできて、未来《みらい》のむこ、カバルカンティが逮捕《たいほ》された。子爵《ししゃく》だとうそをつき、仲間《なかま》のカドルッスまで殺《ころ》した罪《つみ》だ。

よくばりでつめたい父親《ちちおや》に、あきれたむすめは、家《いえ》を出《で》ていった。

ダングラールは、のこった五百万《まん》フランを持《も》って、にげだした。

だが、とちゅうの山《やま》の中《なか》で、山賊《さんぞく》の一味《いちみ》につかまった。

山賊《さんぞく》どもは、一日《にち》たっても二日《ふつか》たっても、ダングラールを飲《の》まず食《く》わずで放《ほう》っておく。しかも、やきたてのパンや、おいしそうなやき鳥《とり》を、わざとダングラールの鼻先《はなさき》へ、つきつけてくるのだ。

「せめて……水《みず》を。」

ついに三日《か》目《め》。ダングラールが死《し》にそうな声《こえ》でたのむと、

「へーい！　男爵《だんしゃく》さま。」

見《み》はりの山賊《さんぞく》がいった。ダングラールは金貨《きんか》を一まい放《ほう》りなげた。

「そんなもんじゃ足《た》りませんぜ、男爵《だんしゃく》さま。水《みず》は一ぱい、*一万《まん》フラン。」

ダングラールは、ぎょっとした。

「なにい！　水《みず》が一ぱい、一万《まん》フランだと？」

水《みず》を飲《の》んだら、もっとはらがへってきた。

＊一万《まん》フラン……今《いま》のお金《かね》で一千万円《まんえん》くらい。

「その――鳥《とり》をくれ。」

「へいへい、鳥《とり》ですね。鳥《とり》は一皿《さら》、十万《まん》フラン！」*

この調子《ちょうし》だと、五百万《まん》フランはあっという間《ま》に、なくなってしまう。けちなダングラールは、わらのしき物《もの》をかじって、うえをしのいだ。

だが五日目《いつかめ》。ついに、たえきれなくなると、

「かしらをよべ！　かしらはどこだ？　金《かね》をはらう！　いくらでもはらうぞ。」

と、見《み》はりになきついた。見《み》はりが

「おかしら！　船乗《ふなの》りシンドバッドさま！」

とさけびながら、どうくつのおくへとんでいく。

＊十万《まん》フラン…今《いま》のお金《かね》で一億円《おくえん》くらい。

ずきんをかぶった山賊《さんぞく》のかしら『船乗《ふなの》りシンドバッド』は、すぐにやってきた。

「何《なに》かご用《よう》かな、男爵《だんしゃく》さん。」

ダングラールは、かばんをさしだし、

「五百万《まん》フラン。全部《ぜんぶ》さしあげます。どうぞ命《いのち》だけは。」

地面《じめん》にひたいをすりつけて、たのみこんだ。

「よかろう。だが、世《よ》の中《なか》には、食《た》べる物《もの》も食《た》べられずに死《し》んでいく人《ひと》が、大《おお》ぜいいる。そのつらさ、苦《くる》しさがわかったか！」

そして、さっとずきんを取《と》った。ダングラールは、のけぞった。

「あ、おまえは——モンテ・クリスト伯爵《はくしゃく》！」

「いいや、よく見《み》ろ、わたしは、エドモン・ダンテスだ。」

「え？　あの……ダ……テ……。」

ダングラールは口《くち》をぱくぱくさせたが、声《こえ》が出《で》ない。

「さあ、立《た》て。どこへでも消《き》えされ！　おまえは、あとの二人《ふたり》より、まだましだ。一人《ひとり》は気《き》がおかしくなり、もう一人《ひとり》は自殺《じさつ》したんだぞ。だが、もう復《ふく》しゅうはたくさんだ。ゆるす。立《た》ちされ！」

ふらふらと立《た》ちあがったダングラールのこしは曲《ま》がり、意地悪《いじわる》そうな顔《かお》は、百歳《さい》の老人《ろうじん》のようにしわくちゃ。かみは真《ま》っ白《しろ》になっている。ダンテスは、なんとも重苦《おもくる》しい気持《きも》ちで、復《ふく》しゅう相手《あいて》の後《うし》ろすがたを見送《みおく》った。

18

新《あら》たな旅立《たびだ》ち

数日後《すうじつご》。モンテ・クリスト伯爵《はくしゃく》は、マルセイユのイフ島《とう》をおとずれた。監獄島《かんごくとう》とおそれられたこの島《しま》も、今《いま》は観光名所《かんこうめいしょ》になっている。

伯爵《はくしゃく》は、自分《じぶん》が十四年間《ねんかん》とじこめられた闇《やみ》のろう屋《や》を、感《かん》がい深《ぶか》く見《み》てあるいた。

ファリア神父《しんぷ》のベッドの前《まえ》にひざまずくと、あの深《ふか》く愛《あい》にあふれた声《こえ》が、耳《みみ》のおくによみがえった。

(待《ま》つのだ——希望《きぼう》をもって。)

伯爵《はくしゃく》は、案内人《あんないにん》にたのんで、ろうにのこされていた、ファリア神《しん》父《ぷ》が書《か》いた本《ほん》をゆずりうけ、モンテ・クリスト島《とう》へ向《む》かった。

さらに数日後《すうじつご》の夕方《ゆうがた》、マクシミリアン・モレルが島《しま》に上陸《じょうりく》した。

伯爵《はくしゃく》にみちびかれ、うなだれながら、東《ひがし》の入《い》り江《え》にある、ほらあなに入《はい》っていった。マクシミリアンは、とつぜんあらわれた宮殿《きゅうでん》のような場所《ばしょ》にもおどろかず、ぼんやりといった。

「バランティーヌが死《し》んでから、やくそくの一か月《げつ》がたちましたよ。さあ、どうぞ、ぼくを死《し》なせてください。」

「よろしい。では、これを、おあがりなさい。」

伯爵《はくしゃく》が、緑色《みどりいろ》のジャムににた物《もの》をわたした。マクシミリアンは、いわれるままに、一さじ口《くち》にふくみ、とたんに、気《き》をうしなって、たおれた。

宮殿《きゅうでん》のおくから、死《し》んだはずのバランティーヌがとびだしてきた。

「ああ！　ありがとうございます！　伯爵《はくしゃく》さま。」

バランティーヌはひざまずいた。エデがその横《よこ》で、にこにこしている。あの日《ひ》、伯《はく》爵《しゃく》はバランティーヌに薬《くすり》を飲《の》ませ、死《し》んだと見《み》せかけて、この島《しま》へつれてきたのだ。そう式《しき》のときのひつぎ*には、人形《にんぎょう》が入《はい》っていた。

「さあ、これでわたしの役目《やくめ》は終《お》わった。バランティーヌさん。エデとなかよくしてやってください。わたしは一人《ひとり》で旅《たび》に出《で》ます。」

伯爵《はくしゃく》がいうと、エデが、こおりのような声《こえ》できき かえした。

「そうですの!?　わたくしをすてて。」

「お前《まえ》はわかくて美《うつく》しい。早《はや》く、よい夫《おっと》にめぐまれ――。」

「なんということ！　わたくしの心《こころ》は、わかっていただけないのね。」

エデの目《め》を見《み》た伯爵《はくしゃく》は息《いき》をのみ、両手《りょうて》を大《おお》きく広《ひろ》げた。

そのうでの中《なか》に、エデがとびこんできた。

＊ひつぎ…死《し》んだ人《ひと》を入《い》れる箱《はこ》。「かんおけ」ともいう。

一時間後《じかんご》。マクシミリアンが目《め》をさまし、バランティーヌを見《み》つけた。

「あれ？　ぼくは、まだ生《い》きている！　ああ！　ありがたい！」

よく朝《あさ》、二人《ふたり》のもとに、伯爵《はくしゃく》の使用人《しようにん》が、手紙《てがみ》をとどけに来《き》た。

『マクシミリアンくん。きみを気絶《きぜつ》させたのは、かりにも、死《し》とはどういうものかを、知《し》ってもらいたかったからです。今《いま》はきっと、ふたたび生《い》きることのすばらしさを、味《あじ》わっているでしょうね。

さあ、用意《ようい》した船《ふね》で、バランティーヌさんとリボルノへおいでなさい。結婚式《けっこんしき》の準備《じゅんび》が整《ととの》っています。このどうくつにあるものすべてと、パリの屋《や》しきを、結婚《けっこん》のささやかなおいわいに、さしあげましょう。お二人《ふたり》で、すえながくお幸《しあわ》せに。

ダンテス』

伯爵《はくしゃく》はエデとともに、ヨットで旅立《たびだ》ったという。

「さようなら！　わが友《とも》、わが父《ちち》よ。」

「またいつか、お会《あ》いしましょうね！　かならずいつか！」

二人《ふたり》は手《て》をつなぎ、青《あお》い海《うみ》の上《うえ》の、小《ちい》さな白《しろ》い帆《ほ》に向《む》かって手《て》をふりつづけた。

（おわり）

物語《ものがたり》と原作者《げんさくしゃ》について

『岩《がん》くつ王《おう》』って、どんな意味《いみ》?

編訳《へんやく》・岡田好恵《おかだよしえ》

『岩《がん》くつ王《おう》』はフランスの作家《さっか》、アレクサンドル・デュマ・ペールの作品《さくひん》です。一八四四年《ねん》から一八四六年《ねん》まで、フランスの新聞《しんぶん》「デバ（討論《とうろん》）紙《し》」に発表《はっぴょう》され、大評判《だいひょうばん》となりました。

罪《つみ》もないのにとつぜん逮捕《たいほ》された若者《わかもの》が、十四年後《ねんご》、ろう屋《や》を脱出《だっしゅつ》。ばく大《だい》な財宝《ざいほう》を手《て》に入《い》れ、モンテ・クリスト伯《はく》と名前《なまえ》をかえて、自分《じぶん》をおとしいれた者《もの》たちに復《ふく》しゅうするという物語《ものがたり》は、今《いま》まで百五十年《ねん》以上《いじょう》、世界各国《せかいかっこく》で読《よ》みつがれています。

日本でも『岩《がん》くつ王《おう》』（『岩窟王《がんくつおう》・巌窟王《がんくつおう》』）または『モンテ・クリスト伯《はく》』という題名《だいめい》で、本《ほん》はもちろん映画《えいが》やドラマ、演劇《えんげき》としても、しょうかいされています。

『岩《がん》くつ王《おう》』という題《だい》名《めい》は、明治《めいじ》の作家《さっか》、黒岩涙香《くろいわるいこう》がつけました。

ふしぎな題名《だいめい》ですが、どんな意味《いみ》でしょうね？

岩《がん》くつというのは、岩《いわ》のどうくつ。岩《がん》くつ王《おう》とは、『岩《いわ》のどうくつの王《おう》』。

つまり、モンテ・クリスト島《とう》の秘宝《ひほう》がかくされた岩《いわ》のどうくつ（と、その秘《ひ》宝《ほう》）の主人《しゅじん》となった、エドモン・ダンテスのことなんです。

作者《さくしゃ》のアレクサンドル・デュマ
dpa/時事通信フォト

少々《しょうしょう》おはずかしい話《はなし》ですが、小学生《しょうがくせい》のとき、わたしは、『岩《がん》くつ王《おう》』を、『がんこでへんくつ（＝ひねくれ者《もの》）な王様《おうさま》』の話《はなし》だと思《おも》いこんで、読《よ》みはじめました。でもそんな王様《おうさま》はぜんぜん出《で》てきません。

あとから父《ちち》に、『岩《がん》くつ王《おう》』のほんとうの意味《いみ》を教《おし》えてもらいました。とてもなつかしい思《おも》い出《で》です。

今回《こんかい》、ひさしぶりに読《よ》みかえした『がんくつ王《おう》』は、やはり、はらはらどきどきの名作《めいさく》でした。でも、ス

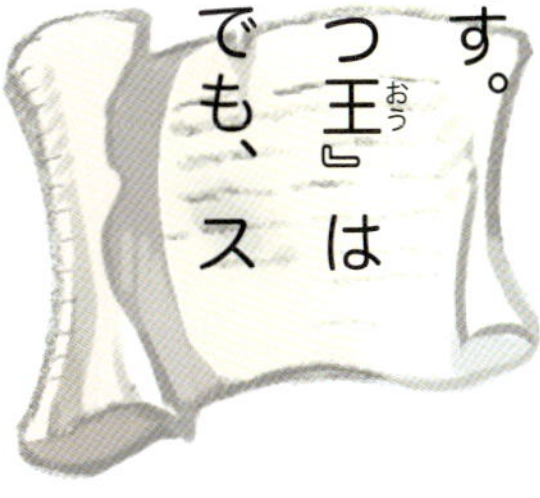

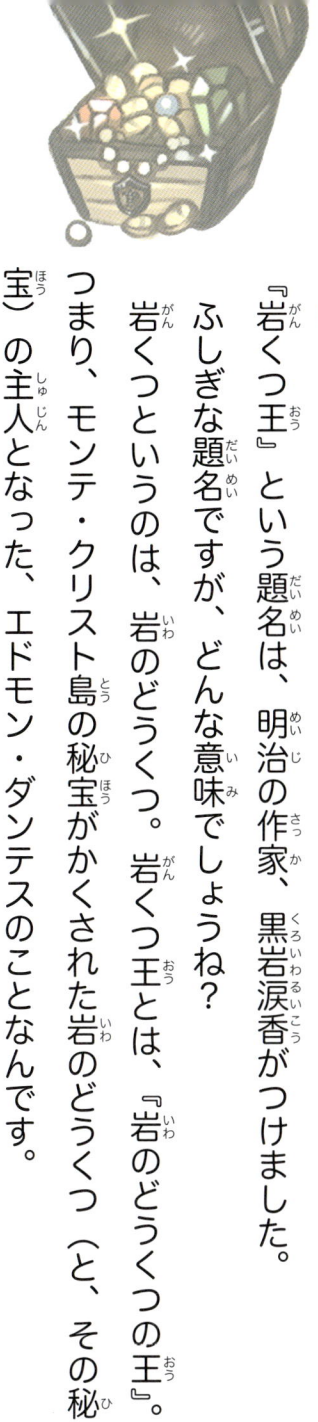

トーリー以上《いじょう》に心《こころ》を動《うご》かされたのは、ダンテスが、復《ふく》しゅうのむなしさに気《き》づいたこと。にくしみをすてたときから、ダンテスに愛《あい》にみちた新《あたら》しい人生《じんせい》が開《ひら》けたのだと、しみじみ思《おも》いました。

このすばらしい本《ほん》を書《か》いたデュマ・ペールは一八〇二年《ねん》、フランス北部《ほくぶ》の町《まち》に、軍人《ぐんじん》の息子《むすこ》として生《う》まれました。学校《がっこう》には、ほとんど行《い》きませんでしたが、読書《どくしょ》が大《だい》すきで、本《ほん》から歴史《れきし》や演劇《えんげき》を学《まな》びました。二十歳《はたち》でパリに出《で》て、しばらく貴族《きぞく》の秘書《ひしょ》としてはたらいてから、あこがれの作家《さっか》に。一八七〇年《ねん》、六十八歳《さい》で亡《な》くなるまでに、『岩《がん》くつ王《おう》』や、この名作《めいさく》シリーズにも入《はい》る予定《よてい》の『三銃士《さんじゅうし》』をはじめ、数多《かずおお》くの名作《めいさく》を生《う》みだしました。息子《むすこ》のデュマ・フィスも作家《さっか》で、オペラで有名《ゆうめい》な『椿姫《つばきひめ》』を書《か》きました。

この本《ほん》は、みなさんが読《よ》みやすいよう、長《なが》い原作《げんさく》を短《みじか》くまとめたものです。あなたがいつか、全訳《ぜんやく》や美《うつく》しい原文《げんぶん》を楽《たの》しむきっかけとなりますように。

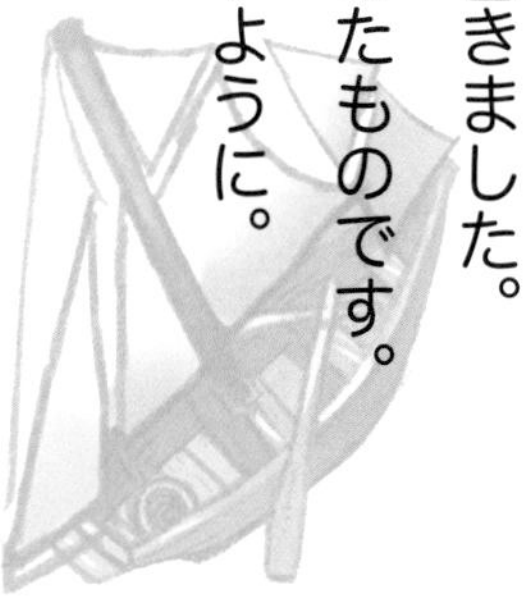

なぜ、今、世界名作？

監修／千葉経済大学短期大学部こども学科教授　横山洋子

★世界中の人が「太鼓判」！

なぜ名作といわれる作品は、時代を越えて読み継がれるのでしょうか。古いなあと感じることなく、人の心を打つのでしょうか。それは、名作といわれる物語には、人が生きることの本質を射抜く何かがあるからでしょう。生きるとは、楽しいことばかりではありません。苦難に遭い、歯を食いしばって耐えなければならないことも当然あります。これらの作品は、私たちに生きる勇気を与えてくれます。「人生をもっと楽しめ」、「強く生きよ」、と励ましてくれるのです。

読んだ人が「おもしろい」と言ったことが口コミで広がり、「そうかな？」と思って読んだ人が「やっぱり読む価値がある」と思った作品。つまり名作には、世界中のたくさんの人々が、「お勧め！」「太鼓判！」と感じた実績があるということ。いわば、世界の人々の共有財産なのです。

★グローバルな価値観を学び取る

また、世界各国の作家による作品にふれるうちに、その国の事情を知り、歴史を知り、文化、生活についても知ることができます。何を大切にして生きているのか、というグローバルな新たな価値観も学び取ることができるのです。広い視野をもち、多様な感じ方、考え方をふまえた上で、自分はどう思うのか、どう生きていくのかを子ども自身が思索できるようになるでしょう。

★人生に必要な「生きる力」がある

10歳までの固定観念にとらわれない柔軟な時期にこそ、世界の人々がこぞって読んでいる作品にざっくりとふれ、心を動かし、豊かな感性で「こんな話もあるんだ」とインプットしてほしい。そして、中高生になったらもう一度、次は完訳の形で読み、さらに作品の深い部分をじっくり味わってほしい、と思います。名作を読んで登場人物と同化し、一緒に感じたり考えたりすることでできる疑似体験は、豊かな感情表現や言語表現、想像性の育ちにもつながるでしょう。

名作の扉を一冊ひらくごとに、きっと、人生に必要な「生きる力」が自然に育まれるはずです。

編訳　**岡田好恵**（おかだ　よしえ）

静岡県熱海市生まれ。青山学院大学フランス文学科卒。著書に『アインシュタイン（講談社火の鳥文庫)』など。訳書に『デルトラ・クエスト』シリーズ（岩崎書店)、『世界一幸せなゴリラ、イバン』(講談社)、『勇者ライと３つの扉』シリーズ（KADOKAWA)、『ピップス通りは大さわぎ』シリーズ（学研)、『10歳までに読みたい世界名作７巻 小公女セーラ』(学研)、『灯台の光はなぜ遠くまで届くのか』(講談社ブルーバックス）など。

ホームページ：http://www.okadayoshie.com

絵　**オズノユミ**（おずの　ゆみ）

かけ出しのイラストレーター。子ども向けカードゲームのイラストなどを手がける。絵を描くことはもちろん好きで、他に映画鑑賞、特にホラーとSFが好き。また、ヒーリング系の音楽を聞くことで、いやされている。書籍関係の挿絵は本書が初めて。

監修　**横山洋子**（よこやま　ようこ）

千葉経済大学短期大学部こども学科教授。幼稚園、小学校教諭を17年間経験したのち現職。著書に『子どもの心にとどく指導法ハンドブック』(ナツメ社)、『名作よんでよんで』シリーズ（お話の解説・学研)、『10分で読める友だちのお話』『10分で読めるどうぶつ物語』(選者・学研）などがある。

写真提供/学研・資料課、Getty Images

10歳までに読みたい世界名作20巻

岩くつ王

2015年12月15日　第１刷発行
2018年２月21日　第４刷発行

監修／横山洋子

原作／アレクサンドル・デュマ
編訳／岡田好恵
絵／オズノユミ
装幀・デザイン／周 玉慧

発行人／川田夏子
編集人／小方桂子
企画編集／髙橋美佐　松山明代
編集協力／入澤宣幸　勝家順子
ＤＴＰ／株式会社明昌堂
発行所／株式会社学研プラス
〒141-8415 東京都品川区西五反田2-11-8
印刷所／株式会社廣済堂

この本に関する各種お問い合わせ先
●本の内容については　Tel 03-6431-1615（編集部直通）
●在庫については
Tel 03-6431-1197（販売部直通）
●不良品（落丁、乱丁）については　Tel 0570-000577
学研業務センター
〒354-0045　埼玉県入間郡三芳町上富279-1
●上記以外のお問い合わせは
Tel 03-6431-1002（学研お客様センター）

【お客様の個人情報取り扱いについて】
アンケートはがきにご記入いただいてお預かりした個人情報に関するお問い合わせは、株式会社学研プラス　幼児・児童事業部（Tel 03-6431-1615）までお願いいたします。
当社の個人情報保護については、当社ホームページ
http://gakken-plus.co.jp/privacypolicy/ をご覧ください。

NDC900　154P　21cm

学研グループの書籍・雑誌についての新刊情報・詳細情報は、下記をご覧ください。
学研出版サイト　http://hon.gakken.jp/

VEGETABLE OIL INK
この本は環境負荷の少ない下記の方法で制作しました。
●製版フィルムを使用しないCTP方式で印刷しました。
●一部ベジタブルインキを使用しました。
●環境に配慮して作られた紙を使用しています。

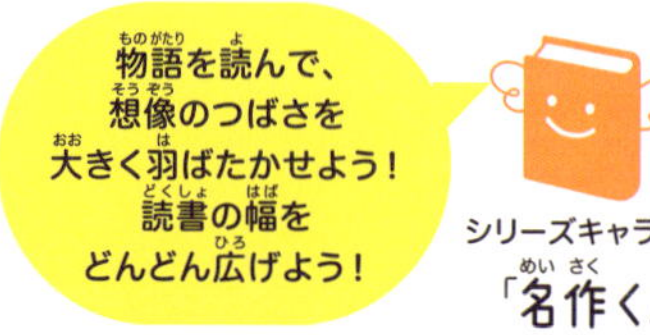
物語《ものがたり》を読《よ》んで、
想像《そうぞう》のつばさを
大《おお》きく羽《は》ばたかせよう！
読書《どくしょ》の幅《はば》を
どんどん広《ひろ》げよう！

シリーズキャラクター
「名作《めいさく》くん」

また、あおう!